Fleischküche neu und raffiniert

Armin Zogbaum

Fleischküche neu und raffiniert

Garen bei Niedertemperatur

Dieses Buch ist in freundlicher Zusammenarbeit
mit der Firma Electrolux AG (Schweiz) entstanden.

AT Verlag, Aarau, Schweiz
Texte, Rezepte und Styling: Armin Zogbaum, Zürich
Fotos: Clara Tuma, Zürich
Lithos: AZ Grafische Betriebe, Aarau
Druck und Bindearbeiten: Neue Stalling, Oldenburg
Printed in Germany

ISBN 3-85502-723-4

Inhalt

Vorwort

Ich erinnere mich noch genau an den Zeitpunkt, als ich zum ersten Mal von der sensationellen Methode des Fleischgarens bei Niedertemperatur gehört habe: Ich war am Ende meiner Ausbildung zum Profikoch und hatte, wie alle Köche und Köchinnen, das eine oder andere zarte Fleischstück in eine ungeniessbare, trockene «Schuhsole» verwandelt. Was lag näher als der Wunsch nach einer einfachen Garmethode, die sicher gelingt und, auch wenn die Gäste mal Verspätung haben, das kostbare Gargut zart und saftig erhält!

Eines Tages hörte ich von einer Schweizer Spitzenköchin, der leider inzwischen verstorbenen Agnes Amberg, und ihrer besonderen Niedertemperatur-Garmethode. Daraufhin entschloss ich mich, nach meiner Ausbildung bei ihr zu arbeiten und alles darüber in Erfahrung zu bringen.

Dieses Buch ist eine Sammlung meiner Lieblingsfleischgerichte, die den Vorteil dieser Garmethode voll zur Geltung bringen und für Ungeübte wie für Profis gleichermassen geeignet sind.

Damit Sie ganz nach dem Lustprinzip auswählen können, habe ich die Rezepte in diesem Buch nach vier Geschmacksrichtungen eingeteilt: europäisch, mediterran, karibisch und asiatisch. Es handelt sich aber bewusst um keine originalen Klassiker, sondern von meinen Reisen inspirierte moderne Kreationen mit möglichst gängigen, auch bei uns gut erhältlichen Zutaten.

Für die schnelle Alltagsküche empfehle ich wegen der kürzeren Garzeit die Rezepte für kleinere Fleischstücke. Alle Gerichte eignen sich jedoch auch für spezielle Anlässe, besonders festlich wirken natürlich die grossen Braten.

Die Niedertemperatur-Garmethode ist eine Garantie für perfektes Braten. Ich bin sicher, Sie werden Spass haben beim Kochen und noch mehr beim Geniessen.

Armin Zogbaum

Einleitung

«Die Entdeckung eines neuen Gerichtes bewirkt mehr für das menschliche Glück als die Entdeckung eines neuen Sterns.»

Jean-Anthelme Brillat-Savarin, 1775–1826,
französischer Politiker, Schriftsteller und Gastrosoph

Die Geschichte der Niedertemperatur-Garmethode

Das Garen bei Niedertemperatur ist keine neuzeitliche Errungenschaft. Ihr Urvater ist der amerikanisch-britische Physiker, Offizier und Feinschmecker Graf von Rumford (geb. Benjamin Thompson, 1753–1814). Er hat neben berühmten Gerichten wie der Rumfordsuppe aus gelben Erbsen, Gewürzen und Speck auch einige sehr nützliche Küchengeräte erfunden. So etwa das Kochen unter Druck, die Kaffeemaschine und den regulierbaren Backofen, durch dessen Entwicklung sich erstmals Gerichte bei verschiedenen Gartemperaturen realisieren liessen.

Dies hat zuerst die Restaurantküchen revolutioniert. Das Fleisch wurde nun nicht mehr vorwiegend gegrillt, sondern mit der von Graf von Rumford entwickelten Niedertemperatur-Garmethode sanft gegart: Dazu briet man das Fleisch von allen Seiten scharf an, damit sich die Poren schliessen, und liess es dann bei einer Ofentemperatur zwischen 56 und 90 Grad gar ziehen. Bei diesem langsamen Garprozess zirkuliert der Fleischsaft im ganzen Stück und verteilt sich gleichmässig. Auf einige Minuten mehr oder weniger kommt es nicht mehr an, und das Ergebnis ist wunderbar zart.

Noch heute werden in Restaurants mit klassischer Küche, und nicht nur in England, grosse Fleischstücke nach dieser Methode gegart und vom Warmhaltewagen serviert. Ausserhalb dieser Tradition und auch in den meisten Restaurantküchen geriet die Entdeckung jedoch in Vergessenheit.

Agnes Amberg hat die Niedertemperatur-Garmethode durch einen Zufall wiederentdeckt: In ihrer Restaurantküche war eine Lammkeule zu früh angebraten worden. Um sie nicht vollständig abkühlen zu lassen, schob sie die Keule in den 80 Grad warmen Ofen. Und als sie die Temperatur nach Eintreffen der Gäste hoch schalten wollte, stellte sie fest, dass das Fleisch bereits fertig gebraten und butterzart war. Damals begann sie mit dieser Garmethode zu experimentieren und sie anzuwenden.

Richtiges Anbraten

Die zwei Grundregeln des richtigen Anbratens:

- *Je kleiner das Fleischstück, desto heisser und kürzer muss es angebraten werden.*
- *Bei kleinen Fleischstücken portionenweise nur so viel auf einmal anbraten, dass eventuell austretender Fleischsaft sofort einkochen kann.*

Das bedeutet in der Praxis:

Kleine Fleischstücke, z.B. Geschnetzeltes, Würfel, Schnitzel, werden bei höchster Stufe in einer vorgeheizten Pfanne angebraten.

Mittlere und grosse Fleischstücke, z.B. Hühnerbrüstchen, Braten, werden bei mittlerer Stufe in einer vorgeheizten Pfanne angebraten.

Das Anbraten des Fleisches erfüllt mehrere Zwecke: Zum einen müssen die Poren verschlossen werden, damit der Fleischsaft im Inneren zirkulieren kann, und zum anderen soll das Fleisch dadurch einen kräftigen Röstgeschmack erhalten. Ausserdem werden Keime auf der Fleischoberfläche abgetötet (Fleisch ist im Inneren keimfrei). Zum Anbraten eignen sich Brat- oder Grillbratpfannen gleich gut. Bei Verwendung einer Grillbratpfanne entsteht auf dem Fleisch beim Braten zusätzlich ein schönes Muster.

Richtige Ofentemperatur

Die Niedertemperatur-Garmethode gelingt nur dann sicher, wenn die Ofentemperatur stimmt. Wenn Sie nicht über einen hochmodernen, digitalen Backofen verfügen, kaufen Sie sich für wenig Geld ein Backofenthermometer, das Sie im Ofen platzieren und auf dem Sie dann die benötigte Temperatur von 80 oder 70 Grad genau überprüfen können. Mein Thermometer bleibt immer im Ofen, denn auch bei hohen Temperaturen habe ich so die gewünschte Sicherheit.

Grundsätzlich muss der Ofen die im Rezept angegebene Temperatur erreicht haben, bevor das Fleisch hineinkommt, sonst kühlt es zuerst aus, der Garprozess wird unterbrochen und verlängert.

Wird das Fleisch im Ofen angebraten, was bei grossen Fleischstücken sinnvoll ist, muss danach die Ofentüre so lange offen bleiben, bis die angegebene niedrigere Temperatur erreicht ist.

Garen bei Niedertemperatur im Gasbackofen

Grundsätzlich ist Garen bei Niedertemperatur auch im Gasbackofen möglich. Die einzelnen Ofentypen unterscheiden sich jedoch in ihrer Funktionsweise beträchtlich, so dass kein pauschales Urteil möglich ist.

Problematisch ist vor allem der regulierende Thermostat, der anders als beim Elektroofen oft mechanisch und weniger genau funktioniert. So wird der Ofen meist in Wellen aufgeheizt und wieder abgekühlt, was enorme Temperaturschwankungen zur Folge hat. Zudem werden viele Gasbacköfen mit der Zeit immer heisser.

Relativ unproblematisch kann man kleine Fleischstücke im Gasbackofen gar ziehen lassen, wenn zur Kontrolle ein Backofenthermometer in den Ofen gestellt wird. Kontrollieren Sie die ersten Male die Temperatur alle paar Minuten, bis Sie ein Gefühl für den Ofen entwickelt haben. Wird er trotz kleinster Stufe zu heiss, kann man die Ofentüre einen Spalt öffnen und mit einem Holzlöffel blockieren.

Richtiges Servieren

Bei Niedertemperatur gegartes Fleisch immer auf vorgewärmten Tellern anrichten, denn auf einem kalten Teller kühlt es rasch aus. In den meisten Rezepten wird explizit darauf hingewiesen.

Auch eine Sauce kann dem Fleisch Wärme entziehen und sollte daher möglichst heiss dazu serviert werden. Eine Ausnahme sind die kalten Saucen zu sommerlichen Gerichten.

Fleischeinkauf

Die Beurteilung der Fleischqualität ist sehr komplex und kann nicht anhand von zwei, drei Merkmalen beim Einkauf vorgenommen werden. Die Qualität des Fleischs ist von Zucht, Haltung, Fütterung, Transport- und Schlachtbedingungen sowie von der Fleischreifung abhängig. Ein guter Metzger weiss jedoch genau über die Tiere, von denen sein Fleisch stammt, Bescheid und gibt gerne detailliert über alle Punkte Auskunft. Fleischqualität ist und bleibt Vertrauenssache.

Massangaben

Alle Rezepte wurden mit genormten Masslöffeln getestet. Diese sind in gut sortierten Haushaltsgeschäften erhältlich und sehr empfehlenswert. Tafelbesteck wird vorwiegend nach optischen Kriterien gestaltet und weist grosse Unterschiede im Fassungsvermögen auf.

½ TL	=	2,5 ml	½ EL	=	7,5 ml
1 TL	=	5 ml	1 EL	=	15 ml
2 TL	=	10 ml			

Brat- und Gartabelle

	Fleischstück	Anbraten
Kalb	Geschnetzeltes	in mehreren Portionen je ca. 1 Minute
	Würfel	in mehreren Portionen ca. 1½ Minuten
	Schnitzel	in mehreren Portionen je ca. 1 Minute
	Filet-Medaillons	beidseitig ca. 2 Minuten
	Rouladen	rundum ca. 5 Minuten
	Steak (vom Nierstück)	beidseitig ca. 4 Minuten
	Kotelett (200–250 g)	beidseitig ca. 5 Minuten
	ganzes Filet	rundum ca. 5 Minuten
Schwein	Geschnetzeltes	in mehreren Portionen je ca. 1 Minute
	Würfel	in mehreren Portionen ca. 2 Minuten
	Schnitzel	in mehreren Portionen je ca. 1 Minute
	Filet-Medaillons	beidseitig ca. 2 Minuten
	Rouladen	rundum ca. 5 Minuten
	Steak (vom Nierstück)	beidseitig ca. 4 Minuten
	Kotelett (200–250 g)	beidseitig ca. 5 Minuten
	ganzes Filet	rundum ca. 5 Minuten
Rind	Geschnetzeltes (Huft, Hohrücken, Filet)	in mehreren Portionen je 1 Minute
	Würfel (Huft, Hohrücken, Filet)	in mehreren Portionen 1½ Minuten
	Filet-Medaillons	beidseitig ca. 1½ Minuten
	Rumpsteak	beidseitig ca. 2 Minuten
	Entrecôte double (300–400g)	beidseitig ca. 5 Minuten
	Entrecôte (700 g)	rundum ca. 8 Minuten
	ganzes Filet	rundum ca. 7 Minuten

Nachgaren	Temperatur	Warmhalten bei 60 Grad ohne Qualitätsverlust
ca. 15 Minuten	70 Grad	bis zu 10 Minuten
ca. 20 Minuten	80 Grad	bis zu 15 Minuten
ca. 15 Minuten	80 Grad	bis zu 15 Minuten
ca. 15 Minuten	80 Grad	bis zu 15 Minuten
ca. 25 Minuten	80 Grad	bis zu 20 Minuten
ca. 25 Minuten	80 Grad	bis zu 20 Minuten
ca. 30 Minuten	80 Grad	bis zu 45 Minuten
ca. 90 Minuten	80 Grad	bis zu 45 Minuten
ca. 15 Minuten	70 Grad	bis zu 10 Minuten
ca. 30 Minuten	80 Grad	bis zu 20 Minuten
ca. 15 Minuten	80 Grad	bis zu 15 Minuten
ca. 15 Minuten	80 Grad	bis zu 15 Minuten
ca. 30 Minuten	80 Grad	bis zu 25 Minuten
ca. 25 Minuten	80 Grad	bis zu 20 Minuten
ca. 30 Minuten	80 Grad	bis zu 45 Minuten
ca. 90 Minuten	80 Grad	bis zu 45 Minuten
ca. 15 Minuten	70 Grad	bis zu 10 Minuten
ca. 20 Minuten	80 Grad	bis zu 15 Minuten
ca. 15 Minuten	80 Grad	bis zu 15 Minuten
ca. 25 Minuten	80 Grad	bis zu 15 Minuten
ca. 30 Minuten	80 Grad	bis zu 20 Minuten
ca. 1¾ Stunden	80 Grad	bis zu 60 Minuten
ca. 1¾ Stunden	80 Grad	bis zu 45 Minuten

	Fleischstück	Anbraten
Lamm	Geschnetzeltes	in mehreren Portionen je ca. 1 Minute
	Filet	in mehreren Portionen je ca. 1½ Minuten
	Hüftchen (Lammbäggli)	rundum ca. 5 Minuten
	Rückenfilet	rundum ca. 4 Minuten
	Rack	rundum ca. 8 Minuten
	Kotelett	beidseitig ca. 2 Minuten
	Gigotsteak (aus Keule)	beidseitig ca. 5 Minuten
	Gerollter Gigotbraten (Keule, entbeint)	rundum ca. 20 Minuten in der Pfanne oder ca. 20 Minuten im 250 Grad heissen Ofen
Poulet/Huhn	Geschnetzeltes	in mehreren Portionen je ca. 1 Minute
	Minifilets	in mehreren Portionen je ca. 1 Minute
	Würfel aus Brüstchen	in mehreren Portionen ca. 1½ Minuten
	Brüstchen, ganz	beidseitig ca. 5 Minuten
	Brüstchen, gefüllt	beidseitig ca. 6 Minuten
Truthahn	Geschnetzeltes	in mehreren Portionen je ca. 1 Minute
	Würfel aus Brust	in mehreren Portionen ca. 1½ Minuten
	Schnitzel	in mehreren Portionen je ca. 1 Minute
Ente	Geschnetzeltes	in mehreren Portionen je ca. 1 Minute
	Brust, ganz	mit Hautseite nach unten in eine kalte beschichtete Bratpfanne legen, bei mittlerer Hitze die Haut braun braten; wenden, auf der Fleischseite ebenfalls braun braten.
Kaninchen	Geschnetzeltes	in mehreren Portionen je ca. 1 Minute
	Rückenfilet-Würfel	in mehreren Portionen je ca. 2 Minuten
	Rückenfilet, ganz	rundum ca. 3 Minuten

Nachgaren	Temperatur	Warmhalten bei 60 Grad ohne Qualitätsverlust
ca. 15 Minuten	70 Grad	bis zu 10 Minuten
ca. 20 Minuten	80 Grad	bis zu 15 Minuten
ca. 40 Minuten	80 Grad	bis zu 30 Minuten
ca. 30 Minuten	80 Grad	bis zu 20 Minuten
ca. 45 Minuten	80 Grad	bis zu 30 Minuten
ca. 20 Minuten	80 Grad	bis zu 15 Minuten
ca. 30 Minuten	80 Grad	bis zu 45 Minuten
ca. 2½ Stunden	80 Grad	bis zu 60 Minuten
ca. 2 Stunden	80 Grad	bis zu 60 Minuten
ca. 15 Minuten	70 Grad	bis zu 10 Minuten
ca. 15 Minuten	70 Grad	bis zu 10 Minuten
ca. 20 Minuten	80 Grad	bis zu 15 Minuten
ca. 25 Minuten	80 Grad	bis zu 20 Minuten
ca. 30 Minuten	80 Grad	bis zu 20 Minuten
ca. 15 Minuten	70 Grad	bis zu 10 Minuten
ca. 20 Minuten	80 Grad	bis zu 15 Minuten
ca. 15 Minuten	80 Grad	bis zu 15 Minuten
ca. 15 Minuten	70 Grad	bis zu 10 Minuten
ca. 30 Minuten	80 Grad	bis zu 20 Minuten
ca. 15 Minuten	70 Grad	bis zu 10 Minuten
ca. 15 Minuten	70 Grad	bis zu 15 Minuten
ca. 15 Minuten	70 Grad	bis zu 15 Minuten

Europäisch

«Die Schlemmerlust des ersten Paares
der Menschheit ist historisch:
Sie verloren alles für einen Apfel,
was hätten Sie nicht für einen getrüffelten
Truthahn gemacht?»

Jean-Anthelme Brillat-Savarin, 1755–1826,
französischer Politiker, Schriftsteller und Gastrosoph

Schweinskotelett an leichter Senfsauce auf buntem Bohnengemüse

- *4 Schweinskoteletts, je 200–250 g*
- *1 TL Meersalz, schwarzer Pfeffer aus der Mühle*
- *2 EL Bratbutter*
- *2 EL grobkörniger Senf*

Senfsauce
- *2 EL Butter*
- *2 EL Mehl*
- *¼ l Kalbsfond oder Bouillon, kalt*
- *100 ml Milch, kalt*
- *1 Knoblauchzehe, gepresst*
- *2 EL grobkörniger Senf*
- *2 TL Zitronensaft*

Bohnengemüse
- *250 g Cocobohnen oder Stangenbohnen, geputzt*
- *1 Zwiebel, fein gehackt*
- *1 EL Butter*
- *300 ml Bouillon*
- *1 kleine Dose Maiskörner, ca. 170 g, abgetropft*
- *250 g Cherrytomaten, halbiert*
- *1 EL frisches Bohnenkraut, fein gehackt*

Den Ofen auf 80 Grad vorheizen, eine Platte und vier Teller mitwärmen. Den Fettrand der Koteletts mehrmals einschneiden. Eine Grill- oder Bratpfanne erhitzen und die Bratbutter darin zerlaufen lassen. Die Koteletts würzen, beidseitig etwa 5 Minuten anbraten, mit Senf bestreichen, auf die vorgewärmte Platte legen und 30 Minuten im Ofen gar ziehen lassen. Die Koteletts können im 60 Grad warmen Ofen bis zu 45 Minuten warm gehalten werden.

Für die Sauce die Butter schmelzen, das Mehl darin andünsten, ohne dass es Farbe annimmt. Von der Herdplatte nehmen, Kalbsfond und Milch dazugiessen, zurück auf den Herd stellen und unter ständigem Rühren mit dem Schwingbesen aufkochen. Den Knoblauch dazupressen und die Sauce bei kleinster Hitze 10 Minuten leise köcheln lasssen. Mit Senf, Zitronensaft, Salz und Pfeffer abschmecken.

Die Bohnen schräg in Stücke schneiden und mit der Zwiebel in der Butter kurz andünsten. Die Bouillon dazugiessen und die Bohnen zugedeckt 10 Minuten knapp weich garen. Maiskörner, Cherrytomaten und Bohnenkraut darunter mischen, nur warm werden lassen und abschmecken.

Die Koteletts auf dem Bohnengemüse anrichten und mit der Senfsauce servieren.

Dazu passt
Kartoffel-Lauch-Tarte, Seite 86,
Lorbeer-Kartoffel-Terrine, Seite 87

Schweinsfilet in Gewürzkruste mit Balsamicopfirsichen

- *1 grosses Schweinsfilet, ca. 600 g*
- *½ TL Meersalz, schwarzer Pfeffer aus der Mühle*
- *2 EL Dijonsenf*
- *Olivenöl zum Anbraten*

Gewürzmischung
- *½ EL Fenchelsamen*
- *½ EL Senfsamen*
- *½ EL Koriandersamen, im Mörser grob zerdrückt*
- *½ EL Kümmel, im Mörser grob zerdrückt*

Balsamicopfirsiche
- *1 Dose Pfirsichhälften, ca. 400 g, abgetropft*
- *¼ l Balsamicoessig*
- *40 g Butter, kalt, in Stückchen*
- *1 Frühlingszwiebel, mit grünen Röhrchen in feine Ringe geschnitten*

Den Ofen auf 80 Grad vorheizen, eine Platte und vier Teller mitwärmen. Das Schweinsfilet mit Salz und Pfeffer würzen und mit Senf einreiben. Alle Gewürze der Mischung in einem tiefen Teller vermengen und das Schweinsfilet damit panieren.

Das Fleisch in heissem Olivenöl rundum, auch an den Enden, etwa 5 Minuten anbraten, auf die vorgewärmte Platte legen und 1½ Stunden im Ofen gar ziehen lassen. Das Filet kann im 60 Grad

Schweinsfilet in Gewürzkruste mit Balsamicopfirsichen

warmen Ofen bis zu 45 Minuten warm gehalten werden.

Für die Balsamicopfirsiche die Pfirsichhälften in Schnitze schneiden, beiseite stellen. Den Balsamicoessig auf knapp 100 ml einkochen lassen. Die Butter mit dem Schneebesen unter ständigem Rühren nach und nach darunter ziehen. Die Pfirsichschnitze beigeben und nur warm werden lassen, ohne dass die Sauce nochmals kocht. Mit Salz und Pfeffer abschmecken und die Frühlingszwiebelringe darunter mischen.

Das Filet in Tranchen schneiden und auf den vorgewärmten Tellern einrichten. Entstandenen Fleischsaft durch ein feines Sieb zu den Balsamicopfirsichen giessen und diese dazu servieren.

Dazu passt
Trockenreis oder Weissbrot, z.B. Baguette.

Schweinsfilet an Senffrüchtesauce mit gebratenem Lattich

- *1 Schweinsfilet, ca. 600 g*
- *1 Zitrone, abgeriebene Schale und Saft*
- *½ TL Meersalz, schwarzer Pfeffer aus der Mühle*
- *2 EL Bratbutter*

Senfsauce

- *1 Schalotte, fein gehackt*
- *1 EL Butter*
- *400 ml Kalbsfond (Glas) oder Rindsbouillon*
- *100 ml Halbrahm (25% Fett)*
- *1 EL Maisstärke*
- *2 TL englisches Senfpulver*
- *4 EL Senffrüchte, abgetropft, fein geschnitten*
- *2 TL Zitronensaft*

Lattich

- *4 Babylattich, Strunk frisch angeschnitten*
- *2 EL Butter*
- *100 ml Gemüsebouillon*

Den Ofen auf 80 Grad vorheizen, eine Platte und vier Teller mitwärmen. Das Filet mit der abgeriebenen Zitronenschale und dem Saft einreiben und einige Minuten marinieren. Mit Küchenpapier trockentupfen, mit Salz und Pfeffer würzen und in der heissen Bratbutter rundum, auch an den Enden, etwa 5 Minuten anbraten. Auf die vorgewärmte Platte legen und 1½ Stunden im Ofen gar ziehen lassen. Das Filet kann im 60 Grad warmen Ofen bis zu 45 Minuten warm gehalten werden.

Für die Sauce die Schalotte in der Butter glasig dünsten, den Kalbsfond dazugiessen und auf etwa die Hälfte einkochen. Den Rahm mit Maisstärke und Senfpulver steif schlagen, unter die Sauce rühren und unter ständigem Rühren aufkochen. Die Senffrüchte dazugeben und mit Zitronensaft, Salz und Pfeffer abschmecken.

Kurz vor dem Servieren die Lattichköpfe der Länge nach halbieren, unter fliessendem kaltem Wasser vorsichtig waschen und gut abtropfen lassen. Die Butter bei mittlerer Hitze in einer Bratpfanne schmelzen. Die Lattichköpfe beidseitig kurz anbraten, die Bouillon dazugiessen und das Gemüse zugedeckt 1 Minute garen.

Das Filet in Tranchen schneiden, mit Senffrüchtesauce und Lattich anrichten.

Dazu passt
Trockenreis, z.B. Basmatireis.

Mit Pilzen gefülltes Rindsfilet an Majoran-Rotweinsauce

Mit Pilzen gefülltes Rindsfilet an Majoran-Rotweinsauce

- *650 g Rindsfilet-Mittelstück*
- *½ TL Meersalz, schwarzer Pfeffer aus der Mühle*
- *4 lange Lauchblätter, blanchiert*

Füllung
- *300 g gemischte Pilze (z.B. Champignons, Pfifferlinge, Steinpilze), geputzt*
- *1 Schalotte, fein gehackt*
- *1 EL Butter*
- *2 TL Majoranblättchen, grob gehackt*

Majoran-Rotweinsauce
- *400 ml Rotwein*
- *200 ml Kalbsfond (Glas)*
- *1 TL Honig*
- *4 TL Weizen- oder Maisstärke*
- *2 EL Portwein*
- *2 EL Butter, kalt, in Stückchen*
- *2 TL Majoranblättchen, fein gehackt*

Den Ofen auf 80 Grad vorheizen, eine Platte und vier Teller mitwärmen. Das Rindsfilet mit Salz und Pfeffer würzen und in der Mitte der Länge nach 2 cm breit einschneiden.

Die Pilze in kleine Würfel schneiden, mit der Schalotte in der Butter sanft braten, mit Majoran, Salz und Pfeffer würzen und auf Küchenpapier abtropfen lassen. Das Filet mit den Pilzen füllen, etwa 7 Minuten rundum, auch an den Enden, anbraten, auf die vorgewärmte Platte legen und 1¾ Stunden im Ofen gar ziehen lassen. Das Fleisch kann im 60 Grad warmen Ofen bis zu 45 Minuten warm gehalten werden.

Für die Sauce Rotwein, Fond und Honig auf etwa 300 ml einkochen. Die Stärke mit dem Portwein anrühren, unter Rühren mit dem Schwingbesen zur Saucenreduktion giessen und aufkochen. Butter und Majoranblättchen darunter rühren und mit Salz und Pfeffer abschmecken.

Kurz vor dem Servieren mit den Lauchblättern vier Schleifen um das Filet binden und nochmals kurz warm stellen. Das Fleisch in vier dicke Tranchen schneiden und mit Sauce anrichten.

Dazu passt
Kräuterschupfnudeln, Seite 86, Rucola-Kartoffel-Püree (Variante), Seite 87.

In Gewürzen mariniertes Entrecôte mit Schalottenconfit

In Gewürzen mariniertes Entrecôte mit Schalottenconfit

- *700 g Entrecôte am Stück*
- *Olivenöl zum Anbraten*

Trockenmarinade

- *½ TL Senfsamen*
- *½ TL Koriandersamen*
- *2 TL Kümmelsamen*
- *1 EL Paprikapulver, edelsüss*
- *½ TL Cayennepfeffer*
- *1 kleine Knoblauchzehe, gepresst*
- *2 TL Meersalz, wenig schwarzer Pfeffer aus der Mühle*
- *2 TL Rohzucker*

Schalottenconfit

- *500 g Schalotten, geschält*
- *2 EL Olivenöl*
- *150 ml kräftiger Rotwein*
- *½ Orange, abgeriebene Schale und ganzer Saft*
- *2 EL Honig*
- *2 TL Tomatenpüree*
- *3 Thymianzweige*

Das Entrecôte von Fett und Sehnen befreien.

Für die Trockenmarinade Senf-, Koriander- und Kümmelsamen im Mörser fein zerstossen, mit den restlichen Zutaten der Marinade mischen, das Fleisch damit einreiben, in einen Gefrierbeutel legen, gut verschliessen und im Kühlschrank 4–12 Stunden ziehen lassen.

Den Ofen auf 80 Grad vorheizen, eine Platte und vier Teller mitwärmen. Das Fleisch in nicht zu heissem Olivenöl während rund 8 Minuten von allen Seiten, auch an den Enden, anbraten (aufpassen, dass die Gewürze nicht verbrennen). Auf die vorgewärmte Platte geben und im Ofen 1¼ Stunden (saignant/blutig) bis 1¾ Stunden (à point/rosa) gar ziehen lassen. Das Fleisch kann im 60 Grad warmen Ofen bis zu 1 Stunde warm gehalten werden.

Für das Schalottenconfit die Schalotten im heissen Olivenöl kräftig anbraten, mit einer Prise Salz würzen und mit Rotwein und Orangensaft ablöschen. Die abgeriebene Orangenschale, Honig, Tomatenpüree und die Thymianzweige dazugeben und alles zugedeckt bei kleiner Hitze 30 Minuten köcheln lassen. Dabei gelegentlich umrühren. Anschliessend den Deckel abheben und die Flüssigkeit sirupartig einkochen lassen. Die Thymianzweige entfernen und mit Salz und Pfeffer abschmecken.

Das Entrecôte in Tranchen schneiden und mit Schalottenconfit auf den vorgewärmten Tellern anrichten.

Dazu passt

Kartoffelbeilagen, z.B. Kartoffel-Lauch-Tarte, Seite 86, Lorbeer-Kartoffel-Terrine, Seite 87.

Sanft geschmortes Hühnerbrüstchen in Zitronenmelissensauce mit Patissongemüse

- *4 grosse Pouletbrüstchen (Hühnerbrüstchen)*
- *½ TL Meersalz, schwarzer Pfeffer aus der Mühle*
- *2 EL Bratbutter*

Sauce

- *350 ml Hühnerbouillon, kalt*
- *150 ml Weisswein*
- *180 ml Halbrahm (25% Fett)*
- *4 EL Mehl*
- *1 Bund Zitronenmelisse*
- *½ Zitrone, abgeriebene Schale und Saft*

Patissongemüse

- *200 g Mini-Patissons, halbiert*
- *200 g Erbsen, tiefgekühlt*
- *1 Schalotte, fein gehackt*
- *1 EL Butter*
- *100 ml Gemüsebouillon*

Den Ofen auf 80 Grad vorheizen, eine feuerfeste Schüssel mit Deckel und vier Teller mitwärmen.

Für die Sauce Gemüsebouillon, Weisswein, Rahm und Mehl gut verrühren und unter ständigem Rühren aufkochen. Die Hälfte der Zitronenmelissenzweige dazugeben und die Sauce bei kleinster Hitze 10 Minuten leicht köcheln lassen.

4 Zweige Zitronenmelisse für die Garnitur beiseite stellen. Die restlichen Zitronenmelissenblättchen abzupfen, fein hacken und ebenfalls beiseite stellen.

Die Pouletbrüstchen mit Salz und Pfeffer würzen, in der heissen Bratbutter beidseitig 4–5 Minuten anbraten und in die warm gestellte Schüssel geben. Die Sauce mit Zitronensaft, Salz und Pfeffer abschmecken, durch ein feines Sieb über die Pouletbrüstchen giessen und diese zugedeckt im Ofen 30 Minuten gar ziehen lassen. Sie können im 60 Grad warmen Ofen bis zu 30 Minuten warm gehalten werden.

Die Patissons und Erbsen zusammen mit der Schalotte in der Butter kurz andünsten, mit der Gemüsebouillon ablöschen und zugedeckt 5 Minuten bissfest garen. Mit Salz und Pfeffer abschmecken.

Zum Servieren die Sauce mit der gehackten Zitronenmelisse und der abgeriebenen Zitronenschale verfeinern, die Pouletbrüstchen auf dem Gemüse anrichten und mit Zitronenmelissenzweiglein garnieren.

Dazu passt

Teigwaren oder Trockenreis.

Sanft geschmortes Hühnerbrüstchen in Zitronenmelissensauce mit Patissongemüse

Gefülltes Perlhuhnbrüstchen an Spinatsauce

Gefülltes Perlhuhnbrüstchen an Spinatsauce

- *4 grosse Perlhuhnbrüstchen mit Haut, kalt*
- *2 EL Bratbutter zum Anbraten*

Füllung
- *100 ml Halbrahm (25% Fett), kalt*
- *1 TL Cognac*
- *½ TL Meersalz, schwarzer Pfeffer aus der Mühle*
- *50 g frische Morcheln, gewaschen, oder 10 g getrocknete Morcheln, eingeweicht*
- *4 TL Pistazien*

Spinatsauce
- *1 Schalotte, fein gehackt*
- *2 TL Butter*
- *50 ml trockener Weisswein*
- *1 EL Cognac*
- *100 ml kräftige Geflügelbouillon*
- *180 ml Halbrahm (25% Fett)*
- *1 EL Maisstärke*
- *1 Prise Muskatnuss*
- *100 g junger Blattspinat*

Den Ofen auf 80 Grad vorheizen, eine Platte und vier Teller mitwärmen.

Die Perlhuhnfilets von den Brüstchen abziehen und klein schneiden. Die Brüstchen von der dicken Schmalseite her so einschneiden, dass eine Tasche entsteht.

Die klein geschnittenen Filets mit Rahm, Cognac, Salz und etwas Pfeffer im Cutter zu einer feinen Masse verarbeiten. Die Morcheln grob hacken und zusammen mit den Pistazien unter die Masse mischen. Die Brüstchen damit füllen, mit Zahnstochern verschliessen und mit Salz und Pfeffer würzen. In der heissen Bratbutter beidseitig rund 6 Minuten kräftig anbraten, auf die vorgewärmte Platte legen und 30 Minuten im Ofen gar ziehen lassen. Die Brüstchen können im 60 Grad warmen Ofen bis zu 20 Minuten warm gehalten werden.

Für die Sauce die Schalotte in der Butter andünsten, mit Weisswein und Cognac ablöschen und auf die Hälfte einkochen. Geflügelbouillon, Rahm und Maisstärke mischen, dazugeben, aufkochen und kräftig mit Salz, Pfeffer und Muskatnuss abschmecken.

Kurz vor dem Servieren die Sauce nochmals aufkochen, den Blattspinat hineingeben und nur zusammenfallen lassen. Die Perlhuhnbrüstchen in Tranchen schneiden und auf der Sauce anrichten.

Dazu passt
Teigwaren oder Trockenreis.

Tipp
Perlhuhnbrüstchen durch grosse Pouletbrüstchen (Hühnerbrüstchen) ersetzen. Da heutzutage die Pouletbrüstchen meist ohne Filet (Minipouletfilet) angeboten werden, dieses separat kaufen oder durch 120 g geschnetzeltes Pouletfleisch ersetzen.

Gebratene Entenbrust auf karamellisiertem Mais mit rotem Cicorino

- *4 Entenbrüste, je ca. 150 g*
- *½ TL Meersalz, schwarzer Pfeffer aus der Mühle*
- *1 EL Bratbutter, flüssig*

Karamellisierter Mais mit Cicorino

- *2 EL Zucker*
- *2 EL Butter*
- *2 Schalotten, fein gehackt*
- *250 g Maiskölbchen aus dem Glas*
- *300 g Maiskörner aus der Dose, abgetropft*
- *100 ml Geflügelbouillon*
- *100 g roter Cicorino, in feine Streifen geschnitten*

Gebratene Entenbrust auf karamellisiertem Mais mit rotem Cicorino

Den Ofen auf 80 Grad vorheizen, eine Platte und vier Teller mitwärmen.

Die Haut der Entenbrüste mit einem scharfen Messer rautenförmig einschneiden, ohne in das Fleisch zu schneiden. Die Entenbrüste mit Salz und Pfeffer würzen und mit flüssiger Bratbutter bepinseln. Mit der Hautseite nach unten in eine kalte, beschichtete Bratpfanne legen und bei mittlerer Hitze die Haut braun braten.
Die Entenbrüste wenden, auf der Fleischseite braun braten, herausnehmen, auf die vorgewärmte Platte geben und 30 Minuten im Ofen gar ziehen lassen. Sie können im 60 Grad warmen Ofen

Lammgigot im Wiesengras

bis zu 20 Minuten warm gehalten werden.

Den Zucker in einer Bratpfanne hellbraun karamellisieren. Butter, Schalotten und Mais dazugeben, sofort mit der Geflügelbouillon ablöschen und diese fast vollständig einkochen lassen. Mit Salz und Pfeffer würzen, warm stellen.

Zum Servieren den Cicorino unter den Mais mischen und auf den vorgewärmten Tellern verteilen. Die Entenbrüste in feine Tranchen schneiden und dazu anrichten.

Dazu passt
Brot, z.B. Maisbrot oder Baguette.

Für 6 Portionen

- *1 Lammgigot (Lammkeule), ca. 1,8 kg mit Knochen*
- *1 TL Meersalz, schwarzer Pfeffer aus der Mühle*
- *Olivenöl extravergine zum Anbraten*

Würzpaste
- *2 Knoblauchzehen, gepresst*
- *1 EL Senf*
- *1 EL Olivenöl extravergine*

- *ca. 700 g frisch geschnittenes Wiesengras, gewaschen, gut abgetropft*
- *je ½ Bund Thymian, Estragon, Pfefferminze*
- *100 ml Wasser*

Sauce
- *400 ml Lammfond (Glas)*
- *200 ml Portwein*
- *1 TL Maisstärke, in 1 EL kaltem Wasser angerührt*
- *50 g Butter, kalt, in Würfeln*
- *je 1 TL Thymian, Estragon und Pfefferminze, fein gehackt*

Den Gigot mit Salz und Pfeffer würzen und in heissem Olivenöl etwa 15 Minuten rundum kräftig anbraten, herausnehmen. Alle Zutaten der Würzpaste verrühren und den Gigot damit bepinseln.

Den Ofen auf 200 Grad vorheizen.

Das Gras mit den Kräuterzweigen mischen und ein Drittel davon in einem tiefen Backblech oder Bräter ausbreiten. Den Gigot darauf betten, mit dem restlichen Gras zudecken und mit Wasser besprenkeln. Auf der untersten Rille in den vorgeheizten Ofen schieben. Nach 15 Minuten die Temperatur auf 80 Grad reduzieren und den Gigot 2½ Stunden gar ziehen lassen. Das Fleisch kann im 60 Grad warmen Ofen bis zu 1 Stunde warm gehalten werden.

Für die Sauce Lammfond und Portwein auf etwa die Hälfte einkochen lassen, mit der angerührten Maisstärke binden und mit der Butter verfeinern. Zuletzt die gehackten Kräuter darunter rühren und abschmecken.

Den Gigot im Gras am Tisch präsentieren, tranchieren und mit der Sauce servieren.

Dazu passt
Saisongemüse und Kartoffelbeilagen, z.B. Kartoffel-Lauch-Tarte, Seite 86, Lorbeer-Kartoffel-Terrine, Seite 87, Bärlauch-Kartoffel-Püree, Seite 87.

Lammrack auf lauwarmem Kefen-Orangen-Salat

Lammrack auf lauwarmem Kefen-Orangen-Salat

- *2 Lammracks, je ca. 400 g*
- *½ TL Meersalz, schwarzer Pfeffer aus der Mühle*
- *1 Orange, abgeriebene Schale*
- *Olivenöl zum Braten*

Kefen-Orangen-Salat
- *500 g Kefen (Zuckerschoten), geputzt*
- *100 ml Orangensaft*
- *4 EL Olivenöl extravergine*
- *2 Orangen*
- *1 EL Pfefferminze, fein gehackt*
- *2 Frühlingszwiebeln, mit den grünen Röhrchen in feine Ringe geschnitten, einige Pfefferminzblättchen zum Garnieren*

Den Ofen auf 80 Grad vorheizen, eine Platte und vier Teller mitwärmen.

Die Lammracks mit Salz und Pfeffer würzen und mit abgeriebener Orangenschale einreiben. In heissem Olivenöl etwa 8 Minuten rundum anbraten, auf die vorgewärmte Platte legen und 45 Minuten im Ofen gar ziehen lassen. Das Fleisch kann im 60 Grad warmen Ofen bis zu 30 Minuten warm gehalten werden.

Für den Salat die Kefen in siedendem Salzwasser knackig garen, abgiessen, mit dem Orangensaft und Olivenöl anmachen, mit Salz und Pfeffer würzen. Die Orangen mit einem Messer schälen, die einzelnen Schnitze zwischen den weissen Häutchen herausschneiden und zusammen mit der Minze und den Frühlingszwiebeln unter die Kefen mischen.

Zum Servieren die Lammracks zwischen den Knochen in Tranchen schneiden, mit dem Salat anrichten und mit Pfefferminzblättchen garnieren.

Dazu passt
Frisches Brot oder Kartoffelbeilagen, z.B. Lorbeer-Kartoffel-Terrine, Seite 87.

Hirschkarree auf saftigem Kürbisragout

- *800 g Hirschkarree (beim Metzger vorbestellen)*
- *½ TL Meersalz, schwarzer Pfeffer aus der Mühle*
- *4 EL Bratbutter*
- *1 frischer Rosmarinzweig*
- *5 Wacholderbeeren, zerdrückt*

Kürbisragout
- *4 TL Kürbiskerne*
- *1 EL Kürbiskernöl oder Sonnenblumenöl*
- *2 EL Butter*
- *1 Zwiebel, fein gehackt*
- *¼ l Apfelwein oder trockener Weisswein*
- *600 g Kürbisfruchtfleisch (z.B. Muskatkürbis), fein gewürfelt*
- *2 getrocknete Feigen, in feine Streifen geschnitten*
- *4 gedörrte Aprikosen, in feine Streifen geschnitten*
- *2 TL Majoranblättchen, gehackt*
- *1 Prise Muskatnuss*
- *einige Majoranblättchen zum Garnieren*

Den Ofen auf 80 Grad vorheizen, eine Platte und vier Teller mitwärmen.

Das Hirschkarree mit Salz und Pfeffer würzen. Die Bratbutter zusammen mit Rosmarin und Wacholderbeeren erhitzen. Das Karree darin 10 Minuten rundum kräftig anbraten, auf die vorgewärmte Platte legen und 50 Minuten im Ofen gar ziehen lassen.

Das Fleisch kann im 60 Grad warmen Ofen bis zu 30 Minuten warm gehalten werden.

Die Kürbiskerne im heissen Öl knusprig rösten, herausnehmen und beiseite stellen. Die Butter zum restlichen Öl geben, schmelzen lassen. Die Zwiebel darin glasig dünsten und mit dem Apfelwein ablöschen. Die Kürbiswürfel zusammen mit den Feigen- und Aprikosenstreifen dazugeben und alles zugedeckt etwa 10 Minuten weich kochen. Die Kürbiskerne darunter mischen und mit Majoran, Salz, Pfeffer und Muskatnuss abschmecken.

Das Karree zwischen den Knochen in Tranchen schneiden, auf dem Kürbisragout anrichten und mit Majoranblättchen garnieren.

Dazu passt
Kastanienspätzli, Seite 92, Buchweizenspätzli, Seite 93 und Kartoffelbeilagen, z.B. Kräuterschupfnudeln, Seite 86.

Rehgeschnetzeltes mit Baumnüssen an Cranberrysauce

Rehgeschnetzeltes mit Baumnüssen an Cranberrysauce

- *600 g Rehgeschnetzeltes, z.B. aus der Keule geschnitten*
- *30 g Baumnüsse, grob gehackt*
- *Bratbutter zum Braten*
- *½ TL Meersalz, schwarzer Pfeffer aus der Mühle*

Cranberrysauce

- *1 EL Butter*
- *2 Schalotten, fein gehackt*
- *400 ml Wildfond (Glas)*
- *180 ml Halbrahm (25% Fett)*
- *3 EL Preiselbeerkonfitüre*
- *4 TL Maisstärke*
- *100 g Cranberrys, frisch oder tiefgekühlt*
- *1 EL glatte Petersilie, fein gehackt*

Den Ofen auf 70 Grad vorheizen, eine Platte und vier Teller mitwärmen.

Das Rehgeschnetzelte mit den Baumnüssen in mehreren Portionen in heisser Bratbutter 1 Minute kräftig anbraten. Auf die vorgewärmte Platte geben, mit Salz und Pfeffer würzen und 15 Minuten im Ofen gar ziehen lassen.

Für die Sauce die Butter in der Fleischpfanne schmelzen und die Schalotten darin glasig dünsten. Wildfond, Rahm, Preiselbeerkonfitüre und Maisstärke verrühren, dazugiessen, auf 300 ml einkochen und durch ein feines Sieb giessen. Die Cranberrys dazugeben, bei kleiner Hitze 5 Minuten köcheln lassen und die Sauce mit Salz und Pfeffer abschmecken.

Das Fleisch mit der Petersilie in die Sauce geben und sofort servieren.

Dazu passt

Kastanienspätzli, Seite 92, Buchweizenspätzli, Seite 93.

Cranberry

Die erfrischende, säuerlich-herbe Beerenfrucht eines mit der Preiselbeere verwandten Halbstrauches wird auch Amerikanische Moor- oder Moosbeere genannt. Sie ist im Herbst und Winter in gut sortierten Supermärkten frisch erhältlich und lässt sich problemlos mehrere Monate im Kühlschrank lagern oder tiefkühlen.

Mediterran

«Sommerküche beinhaltet einen Sinn
für Spontaneität,
die Möglichkeit, das Wesentliche
eines flüchtigen Augenblickes
einzufangen.»

Elisabeth David, englische Schriftstellerin,
20. Jahrhundert

Lammrückenfilets in Kürbis-Ratatouille

- *700 g Lammrückenfilets, 2–3 Stück*
- *½ TL Meersalz, schwarzer Pfeffer aus der Mühle*
- *1 TL Thymianblättchen*
- *Olivenöl zum Braten*

Kürbis-Ratatouille

- *1 kleiner Kürbis (z.B. Acorn), ca. 800 g*
- *1 rote Zwiebel, grob geschnitten*
- *1 rote Peperoni (Paprika), entkernt, grob geschnitten*
- *100 ml Rotwein*
- *100 ml Bouillon*
- *1 Orange, abgeriebene Schale der halben und Saft der ganzen Orange*
- *2 EL Tomatenpüree*
- *2 TL getrocknete Provencekräuter*
- *2 Stangen Sellerie, fein geschnitten*
- *1 Knoblauchzehe, gepresst*
- *100 g schwarze Oliven*
- *1 Bund Basilikum, abgezupfte Blättchen*

Den Ofen auf 80 Grad vorheizen, eine Platte und vier Teller mitwärmen.

Die Lammrückenfilets mit Salz, Pfeffer und Thymian würzen. In heissem Olivenöl rundum 4 Minuten anbraten, auf die vorgewärmte Platte legen und im Ofen 30 Minuten gar ziehen lassen. Das Fleisch kann im 60 Grad warmen Ofen bis zu 20 Minuten warm gehalten werden.

Den Kürbis schälen, halbieren, die Kerne entfernen, das Fruchtfleisch in etwa 2 cm grosse Würfel schneiden. Zusammen mit Zwiebel und Peperoni in Olivenöl anbraten, mit Wein und Bouillon ablöschen, Orangenschale, Orangensaft, Tomatenmark und Provencekräuter darunter rühren. Stangensellerie, Knoblauch und Oliven dazugeben und zugedeckt bei kleiner Hitze 20 Minuten köcheln lassen. Mit Salz und Pfeffer abschmecken.

Zum Servieren das Fleisch in Würfel schneiden. Die Hälfte der Basilikumblättchen unter das Kürbis-Ratatouille mischen, mit dem Fleisch anrichten und mit den restlichen Basilikumblättchen bestreuen.

Dazu passt

Kartoffelbeilagen, z.B. Kartoffel-Lauch-Tarte, Seite 86, Lorbeer-Kartoffel-Terrine, Seite 87.

Lammrückenfilets in Kürbis-Ratatouille

Rosmarin-Kalbskoteletts mit Aïoli und gegrillten Patissons

- *4 Schweinskoteletts, je 200–250 g*
- *Olivenöl zum Anbraten*
- *1 TL Meersalz, schwarzer Pfeffer aus der Mühle*
- *3 EL Rosmarinnadeln, fein gehackt*

- *Aïoli (Knoblauchmayonnaise)*
- *2 frische Eigelb (Freilandeier)*
- *1 TL Zitronensaft*
- *6 Knoblauchzehen, gepresst*
- *½ TL Meersalz*
- *200 ml Olivenöl (nicht kalt gepresst – die Sauce kann sonst bitter werden)*
- *schwarzer Pfeffer aus der Mühle*

- *500 g Mini-Patissons*

Den Ofen auf 80 Grad vorheizen, eine Platte und vier Teller mitwärmen.

Den Fettrand der Koteletts mehrmals einschneiden. In einer Grill- oder Bratpfanne etwas Olivenöl erhitzen. Die Koteletts würzen, mit der Hälfte des Rosmarins bestreuen, beidseitig 5 Minuten anbraten, auf die vorgewärmte Platte legen und 30 Minuten im Ofen gar ziehen lassen. Die Koteletts können im 60 Grad warmen Ofen bis zu 45 Minuten warm gehalten werden.

Für das Aïoli Eigelbe, Zitronensaft, Knoblauch und Salz in einer Schüssel gut verrühren. Das Öl tropfenweise unter Rühren mit dem Schwingbesen oder dem Handrührgerät unterrühren, bis eine dickliche Sauce entsteht, mit Pfeffer abschmecken.

Die Patissons längs halbieren, in der Grillbratpfanne in wenig heissem Olivenöl 5 Minuten unter gelegentlichem Wenden grillen, mit dem restlichen Rosmarin sowie Salz und Pfeffer würzen.

Die Koteletts mit den Patissons anrichten und das Aïoli dazu servieren.

Dazu passt

Bärlauch-Kartoffel-Püree, Seite 87, Rucola-Reis-Gugelhupf, Seite 90, Salbeipolenta mit Oliven, Seite 89.

Schweinssteak an Portweinsauce mit gedörrten Kirschen

- *4 Schweinssteaks (Nierstück), je ca. 180 g*
- *¾ TL Meersalz, schwarzer Pfeffer aus der Mühle*
- *2 TL Rosmarinnadeln, fein gehackt*
- *Olivenöl zum Braten*

Portweinsauce
- *100 ml Portwein*
- *100 g gedörrte Kirschen*
- *1 kleiner Rosmarinzweig, ca. 6 cm*
- *300 ml Kalbsfond, ersatzweise Bouillon*
- *4 TL Maisstärke*
- *4 EL Butter, kalt, in Stückchen*
- *4 Rosmarinzweiglein als Garnitur*

Den Ofen auf 80 Grad vorheizen, eine Platte und vier Teller mitwärmen.

Die Steaks mit Salz, Pfeffer und Rosmarin würzen und in heissem Olivenöl beidseitig etwa 4 Minuten anbraten, auf die vorgewärmte Platte geben und im Ofen 30 Minuten gar ziehen lassen. Die Steaks können im 60 Grad warmen Ofen bis zu 20 Minuten warm gehalten werden.

Den Bratsatz in der Fleischpfanne mit dem Portwein ablöschen, die Kirschen und den Rosmarinzweig dazugeben und die Flüssigkeit bei mittlerer Hitze auf etwa 2 Esslöffel einkochen lassen. Den Kalbsfond mit der Maisstärke verrühren, dazugiessen und unter Rühren aufkochen. Den Rosmarinzweig entfernen, die Butter unterrühren und die Sauce mit Salz und Pfeffer abschmecken.

Die Steaks auf den vorgewärmten Tellern anrichten, etwas Sauce darüber giessen und mit einem Rosmarinzweig garnieren.

Dazu passt
Frisches (aufgebackenes) Brot oder Kartoffelbeilagen, z.B. Lorbeer-Kartoffel-Terrine, Seite 87, Kartoffel-Lauch-Tarte, Seite 86.

Mit Honig und Thymian marinierte Schweinsspiesse auf Couscous

- *700 g Schweinsnierstück oder Schweinsfilet*
- *½ TL Meersalz, Pfeffer aus der Mühle*
- *Olivenöl zum Braten*

Marinade
- *3 EL Olivenöl extravergine*
- *1 Limette, Saft*
- *1 EL Thymianblättchen*
- *1 TL Dijonsenf*
- *1 TL Honig*

Couscous
- *1 Bund Frühlingszwiebeln, mit den Röhrchen in feine Ringe geschnitten*
- *2 Knoblauchzehen, in feine Scheiben geschnitten*
- *1 rote Peperoncini (Chili), entkernt, fein gehackt*
- *3 EL Olivenöl extravergine*
- *100 ml trockener Weisswein*
- *700 ml kräftige Gemüsebouillon*
- *300 g Couscous*
- *250 g Cherrytomaten*
- *1 Bund glatte Petersilie, fein gehackt*

Das Fleisch in etwa 3 cm grosse Würfel schneiden und in einen Gefrierbeutel geben.

Alle Zutaten der Marinade verrühren, zum Fleisch geben, den Gefrierbeutel gut verschliessen und alles gut mischen. Im Kühlschrank mindestens 1 Stunde, besser über Nacht ziehen lassen.

Den Ofen auf 80 Grad vorheizen, eine Platte und vier Teller mitwärmen.

Das Fleisch aus der Marinade nehmen, auf Küchenpapier etwas abtropfen lassen und würzen. Portionenweise bei mittlerer Hitze in Olivenöl knapp 2 Minuten anbraten, auf Spiesse stecken, auf die vorgewärmte Platte legen und im Ofen 30 Minuten gar ziehen lassen. Das Fleisch kann im 60 Grad warmen Ofen bis zu 20 Minuten warm gehalten werden.

Für den Couscous die Frühlingszwiebeln zusammen mit Knoblauch und Peperoncini im Olivenöl kurz anbraten, mit Weisswein und Bouillon ablöschen und aufkochen. Den Couscous unter Rühren einrieseln lassen, aufkochen, Cherrytomaten und Petersilie dazugeben, von der Herdplatte nehmen und zugedeckt 5 Minuten ziehen lassen.

Die Spiesse zusammen mit dem Couscous auf den vorgewärmten Tellern anrichten.

Involtini auf Cherrytomaten-gemüse

- *4 grosse Pouletbrüstchen (Hühnerbrüstchen), ca. 500 g*
- *4 EL Oreganoblättchen*
- *100 g Mozzarella, auf der Röstiraffel gerieben*
- *4 Tranchen Rohschinken*
- *½ TL Meersalz, schwarzer Pfeffer aus der Mühle*
- *Olivenöl zum Braten*

Cherrytomatengemüse
- *1 kg Cherrytomaten*
- *3 Frühlingszwiebeln, mit den Röhrchen in feine Ringe geschnitten*
- *3 Knoblauchzehen, fein geschnitten*
- *2 rote Peperoncini (Chili), entkernt, fein gehackt*
- *100 ml Rotwein*
- *50 g schwarze, entsteinte Oliven, geviertelt*
- *½ Bund Basilikum, Blättchen in feinen Streifen*

Den Ofen auf 80 Grad vorheizen, eine Platte und vier Teller mitwärmen.

Die Pouletbrüstchen waagrecht der Länge nach aufschneiden, jedoch nicht durchschneiden. Aufklappen, die so entstandenen grossen Schnitzel mit Oreganoblättchen und Mozzarella bestreuen und mit Rohschinken belegen. Von der schmalen Seite her aufrollen, mit Küchenschnur binden und mit Salz und Pfeffer würzen. In heissem Olivenöl rundum 5 Minuten anbraten, auf die vorgewärmte Platte geben und im Ofen 25 Minuten gar ziehen lassen. Die Involtini können im 60 Grad warmen Ofen bis zu 20 Minuten warm gehalten werden.

Die Cherrytomaten etwa 20 Sekunden in kochendes Wasser legen, herausnehmen, kalt abspülen, häuten und beiseite stellen.

Die Frühlingszwiebeln zusammen mit Knoblauch und Peperoncini in Olivenöl andünsten, mit Rotwein ablöschen und diesen etwas einkochen lassen. Die Cherrytomaten und Oliven dazugeben, heiss werden lassen und mit Basilikum, Salz und Pfeffer abschmecken.

Die Involtini auf dem Cherrytomatengemüse anrichten und mit Basilikumblättchen garnieren.

Tipp

Mozzarella lässt sich einfach reiben, wenn er 10 Minuten im Tiefkühler angefroren wurde.

Dazu passt

Rucola-Reis-Gugelhupf mit Parmesan, Seite 90, Kartoffel-Lauch-Tarte, Seite 86, Lorbeer-Kartoffel-Terrine, Seite 87.

Involtini auf Cherrytomatengemüse

Provenzalische Lamm-Timbales à la Agnes Amberg

Provenzalische Lamm-Timbales à la Agnes Amberg

- *2–3 Lammrückenfilets, ca. 700 g*
- *½ TL Meersalz, schwarzer Pfeffer aus der Mühle*
- *Olivenöl zum Braten*

Ratatouille
- *Je 2 rote und gelbe Peperoni (Paprika), geschält, halbiert, entkernt*
- *200 g Aubergine*
- *200 g Zucchetti*
- *1 rote Zwiebel, fein gehackt*
- *1 Knoblauchzehe, gepresst*
- *2 EL Olivenöl extravergine*
- *1 EL Thymianblättchen*

Spinat
- *350 g Blattspinat*
- *1 Schalotte, fein gehackt*
- *2 EL Butter*

Den Ofen auf 80 Grad vorheizen. Eine Platte, vier Essteller und 3 Küchenteller mitwärmen.

Die Lammrückenfilets mit Salz und Pfeffer würzen. Im heissen Olivenöl rundum 4 Minuten anbraten, auf die vorgewärmte Platte legen und im Ofen 30 Minuten gar ziehen lassen. Das Fleisch kann im 60 Grad warmen Ofen bis zu 20 Minuten warm gehalten werden.

Für das Ratatouille Peperoni, Aubergine und Zucchetti in 5 mm feine Würfel schneiden, zusammen mit Zwiebel und Knoblauch im Olivenöl etwa 5 Minuten rührbraten, mit Thymian, Salz und Pfeffer abschmecken. Zum Abtropfen auf einen mit Küchenpapier belegten, vorgewärmten Küchenteller geben, im Ofen warm stellen.

Den Spinat mit der Schalotte in der Butter andünsten, bis er zusammenfällt, mit Salz und Pfeffer würzen, auf einen zweiten mit Küchenpapier belegten, vorgewärmten Küchenteller geben und ebenfalls im Ofen warm stellen.

Zum Servieren einen Ausstechring von etwa 9 cm Durchmesser auf einen flachen, vorgewärmten Küchenteller stellen. Das Fleisch in dünne Tranchen schneiden und jeweils ein Viertel davon kreisförmig, dachziegelartig in die Form schichten. Darauf ein Viertel des Ratatouille verteilen, mit einem Löffel andrücken und mit einem Viertel des Spinats abschliessen. Die Timbales auf vorgewärmte Teller stürzen, den Ring vorsichtig entfernen und mit Thymian garnieren.

Dazu passt
Majoran-Rotweinsauce, Seite 21, Lorbeer-Kartoffel-Terrine, Seite 87.

Gefüllte Zitronen-Kalbsplätzchen mit Thymian

- *4 Kalbsplätzchen (Nuss- oder Eckstück, vom Metzger im Doppel- oder Schmetterlingsschnitt dünn geschnitten), je ca. 160 g*
- *½ TL Meersalz, schwarzer Pfeffer aus der Mühle*
- *Olivenöl zum Braten*

Füllung
- *150 g Ziegenfrischkäse*
- *1 Zitrone, abgeriebene Schale und 2 TL Saft*
- *1 EL Thymianblättchen*
- *wenig Pfeffer aus der Mühle*

Den Ofen auf 80 Grad vorheizen, eine Platte und vier Teller mitwärmen.

Die Kalbsplätzchen aufklappen und beidseitig mit Salz und Pfeffer würzen.

Alle Zutaten der Füllung vermischen und auf dem Fleisch verteilen. Die Plätzchen zuklappen und mit einem Zahnstocher fixieren.

In heissem Olivenöl beidseitig etwa 2 Minuten braten, auf die vorgewärmte Platte legen und im Ofen 15 Minuten gar ziehen lassen. Das Fleisch kann im 60 Grad warmen Ofen bis zu 15 Minuten warm gehalten werden.

Dazu passt
Zitronenrisotto, Seite 89.

Gefüllte Zitronen-Kalbsplätzchen mit Thymian

Mit sonnengedörrten Tomaten und Oliven gefüllter Schweinsbraten

Für 6 Portionen

- *1,2 kg Schweinshals am Stück*
- *½ l Bouillon, heiss*
- *½ l Rotwein*
- *4 EL Olivenöl*
- *12 gedörrte Tomaten*
- *100 g kleine grüne Oliven*
- *wenig Maisstärke*

Füllung

- *150 g sonnengedörrte Tomaten, fein gehackt*
- *½ TL Meersalz*
- *1 Bund Basilikum, fein gehackt*
- *1 Bund Oregano, fein gehackt*
- *50 g grüne Oliven, entsteint*
- *5 Knoblauchzehen, gepresst*

Den Backofen auf 200 Grad vorheizen.

Alle Zutaten der Füllung vermengen.

Das Fleisch mit einem spitzen Messer etwa zwölf Mal 2 cm tief einschneiden, die Einschnitte mit dem Finger etwas auseinander drücken und mit der Tomatenmischung füllen.

Das Fleisch in einen Bräter legen, die heisse Bouillon und den Rotwein dazugiessen und das Fleisch in der Mitte des Ofens bei 200 Grad 1 Stunde braten.

Die getrockneten Tomaten dazugeben, die Temperatur auf 80 Grad zurückstellen und das Fleisch 1 weitere Stunde gar ziehen lassen. Das Fleisch kann im 60 Grad warmen Ofen bis zu 1 Stunde warm gehalten werden.

Den Bratenjus in einen kleinen Topf giessen, das Fett abschöpfen, je nach Salzgehalt mit Wasser verdünnen oder einkochen und nach Belieben mit Maisstärke leicht binden.

Zum Servieren das Fleisch in Tranchen scheiden und mit Tomaten, Oliven und Jus anrichten.

Dazu passt

Rucola-Reis-Gugelhupf, Seite 90,
Bärlauch-Kartoffel-Püree, Seite 87,
Kräuterschupfnudeln, Seite 86.

Mit sonnengedörrten Tomaten und Oliven gefüllter Schweinsbraten

Lammhüftchen mit Gremolata

- *4 Lammhüftchen, je ca. 150 g*
- *½ TL Meersalz, schwarzer Pfeffer aus der Mühle*
- *Olivenöl zum Anbraten*
- *100 ml Orangensaft, frisch gepresst*
- *Kalbsfond oder Bouillon*
- *2 TL Maisstärke*
- *40 g Butter, kalt, in Stückchen*

Gremolata

- *1 Orange, unbehandelt, Schale dünn abgeschält, in feine Streifen geschnitten*
- *2 Knoblauchzehen, sehr fein gehackt*
- *3 EL glatte Petersilie, fein gehackt*

Den Ofen auf 80 Grad vorheizen, eine Platte und vier Teller mitwärmen.

Die Lammhüftchen mit Salz und Pfeffer würzen, in heissem Olivenöl rundum 5 Minuten anbraten, auf die vorgewärmte Platte legen und im Ofen 40 Minuten gar ziehen lassen. Das Fleisch kann im 60 Grad warmen Ofen bis zu 30 Minuten warm gehalten werden.

Orangensaft, Kalbsfond und Maisstärke verrühren, den Bratsatz in der Fleischpfanne damit ablöschen und alles auf etwa ein Drittel einkochen lassen. Die kalte Butter unterrühren und die Sauce mit Salz und Pfeffer abschmecken.

Alle Zutaten der Gremolata vermischen.

Das Fleisch anrichten, mit etwas Sauce begiessen und mit Gremolata bestreuen.

Dazu passt

Kräuterschupfnudeln, Seite 86, Bärlauch-Kartoffel-Püree, Seite 87, Zitronenrisotto, Seite 89.

Gremolata

Diese «italienisch» duftende Mischung mit Zitronen- oder Orangenschale wird meist über geschmortes Fleisch gestreut. Sie eignet sich aber auch hervorragend zu Kurzgebratenem.

Kalbsschnitzelchen mit Coppa und Basilikum

- *12 kleine Kalbsschnitzelchen, dünn geschnitten*
- *½ TL Meersalz, schwarzer Pfeffer aus der Mühle*
- *12 Salbeiblätter*
- *12 Scheiben Coppa*
- *Olivenöl zum Braten*
- *100 ml trockener Weisswein*
- *50 ml kräftige Bouillon*
- *50 ml Marsala*
- *40 g Butter, kalt, in Stückchen*

Den Ofen auf 80 Grad vorheizen, eine Platte und vier Teller mitwärmen.

Die Kalbsschnitzelchen mit Salz und Pfeffer würzen, mit je einem Salbeiblatt und einer Scheibe Coppa belegen und diese mit einem Zahnstocher fixieren.

Die Kalbschnitzelchen portionenweise in heissem Olivenöl zuerst auf der Coppaseite, dann auf der Fleischseite je ½ Minute braten. Sofort auf die vorgewärmte Platte legen und im Ofen 15 Minuten gar ziehen lassen. Das Fleisch kann im 60 Grad warmen Ofen bis zu 15 Minuten warm gehalten werden.

Den Bratsatz in der Fleischpfanne mit Weisswein, Bouillon und Marsala ablöschen und

Kalbsschnitzelchen mit Coppa und Basilikum

auf die Hälfte einkochen lassen. Die Butter darunter ziehen, den Jus nur warm werden lassen, mit Salz und Pfeffer abschmecken.

Die Schnitzelchen anrichten und mit Sauce begiessen.

Dazu passt
Kartoffel-Lauch-Tarte, Seite 86.

Karamellisierte Schweinskoteletts mit Baumnüssen und Aprikosen

- *4 Schweinskoteletts, je 200–250 g*
- *100 g Zucker*
- *100 ml Apfelessig*
- *1 TL Meersalz, schwarzer Pfeffer aus der Mühle*
- *Bratbutter zum Braten*
- *100 g Baumnusshälften (Walnusshälften)*
- *4 EL Butter*
- *100 ml Apfelwein (Cidre)*
- *100 ml Bouillon*
- *150 g gedörrte Aprikosen*
- *4 EL Oreganoblättchen*

Den Fettrand der Koteletts mehrmals einschneiden. Den Zucker im Apfelessig auflösen und die Schweinskoteletts rund 20 Minuten darin marinieren.

Den Ofen auf 80 Grad vorheizen, eine Platte und vier Teller mitwärmen.

Die Koteletts mit Küchenpapier trockentupfen, würzen und in heisser Bratbutter beidseitig 5 Minuten anbraten, bis sie karamellisiert sind. Das Fleisch auf die vorgewärmte Platte legen und 30 Minuten im Ofen gar ziehen lassen. Die Koteletts können im 60 Grad warmen Ofen bis zu 45 Minuten warm gehalten werden.

In einer zweiten Bratpfanne die Baumnüsse in der Butter rösten, bis sie stark duften, mit Apfelwein und Bouillon ablöschen und die Aprikosen dazugeben. Bei kleiner Hitze die Flüssigkeit auf etwa die Hälfte einkochen lassen. Die Oreganoblättchen darunter mischen, die Sauce mit Salz und Pfeffer abschmecken und zu den Schweinskoteletts servieren.

Dazu passt
Frisches (aufgebackenes) Brot oder Kartoffelbeilagen, z.B. Lorbeer-Kartoffel-Terrine, Seite 87, Kartoffel-Lauch-Tarte, Seite 86.

Lammrückenfilet mit gebratenen Artischocken

- *750 g kleine Artischocken*
- *Olivenöl zum Braten*
- *Meersalz, schwarzer Pfeffer aus der Mühle*
- *700 g Lammrückenfilet*
- *1 EL Zitronenthymianblättchen*
- *250 g Cherrytomaten, halbiert*
- *3 Frühlingszwiebeln, mit den grünen Röhrchen in feine Ringe geschnitten*
- *50 g Pinienkerne, geröstet*

Dressing
- *4 EL Olivenöl extravergine*
- *1 Zitrone, unbehandelt, Schale dünn abgeschält, in feine Streifen geschnitten, und 3 EL Saft*
- *1 rote Peperoncini (Chili), entkernt, in feine Ringe geschnitten*

Den Ofen auf 70 Grad vorheizen, zwei Platten und vier Teller mitwärmen.

Die äusseren trockenen Blätter der Artischocken entfernen, bei den restlichen die Blattspitzen mit einer Schere abschneiden. Die Stiele frisch anschneiden und die Artischocken längs vierteln. In heissem Olivenöl unter gelegentlichem Rühren bei mittlerer Hitze 15 Minuten braten, mit ½ Teelöffel Salz würzen, auf eine vorgewärmte Platte geben und im Ofen warm stellen.

Die Lammrückenfilets mit ½ Teelöffel Salz, Pfeffer und Zitronenthymianblättchen würzen und in heissem Olivenöl etwa 4 Minuten rundum anbraten. Auf die zweite vorgewärmte Platte legen und im Ofen 30 Minuten gar ziehen lassen. Das Fleisch kann im 60 Grad warmen Ofen bis zu 20 Minuten warm gehalten werden.

Alle Zutaten des Dressings verrühren. Das Fleisch in dünne Tranchen schneiden, mit Artischocken, Cherrytomaten und Frühlingszwiebeln anrichten, mit Pinienkernen bestreuen und mit Dressing beträufeln.

Dazu passt
Salbeipolenta mit Oliven, Seite 89, Rucola-Reis-Gugelhupf mit Parmesan, Seite 90, Kräuterschupfnudeln, Seite 86, Bärlauch-Kartoffel-Püree, Seite 87.

Tipp
Frische Artischocken durch 400 g in Öl eingelegte Artischocken (abgetropft) ersetzen und in der Pfanne nur warm werden lassen.

Lammrückenfilet mit gebratenen Artischocken

Karibisch

*„Was war das Paradies anderes
als ein Garten voller Gemüse und Kräuter
und Vergnügen?
Pures Entzücken."*

William Lawson, Schriftsteller,
17. Jahrhundert

Limetten-Curry-Kalbsschnitzel mit erfrischender tropischer Salsa

- *8 Kalbsschnitzel, je ca. 80 g*
- *Erdnuss- oder Sonnenblumenöl zum Braten*
- *Pfefferminzblättchen zum Garnieren*

Marinade
- *1 Limette, abgeriebene Schale und Saft*
- *2 EL Erdnuss- oder Sonnenblumenöl*
- *1 TL Tabasco*
- *1 EL Sojasauce*
- *1 TL Currypulver*

Tropische Salsa
- *½ Gurke*
- *1 Mango, Fruchtfleisch fein gewürfelt*
- *1 rote Peperoni (Paprika), fein gewürfelt*
- *1 rote Zwiebel, fein gehackt*
- *2 TL Pfefferminzblättchen, fein gehackt*
- *½ Chili (z.B. Scotch Bonnet Chili, siehe Seite 92), entkernt, fein gehackt*
- *1 Limette, nur Saft*
- *½ TL Meersalz*

Alle Zutaten der Marinade mischen, die Kalbsschnitzel darin einlegen und etwa 15 Minuten zugedeckt ziehen lassen.

Den Ofen auf 70 Grad vorheizen, eine Platte und vier Teller mitwärmen.

Für die Salsa die Gurke schälen, längs halbieren, die Kerne mit einem Teelöffel herausschaben und das Fruchtfleisch fein würfeln. Mit den restlichen Zutaten mischen und mindestens 30 Minuten zugedeckt kalt stellen.

Überschüssige Marinade von den Schnitzeln abstreifen. Wenig Öl in einer beschichteten Grill- oder Bratpfanne erhitzen und die Schnitzel portionenweise beidseitig 1 Minute anbraten. Auf die vorgewärmte Platte geben und 15 Minuten im Ofen gar ziehen lassen. Das Fleisch kann im 60 Grad warmen Ofen bis zu 15 Minuten warm gehalten werden.

Die Schnitzelchen mit der tropischen Salsa anrichten, mit Pfefferminzblättchen garnieren und sofort servieren.

Dazu passt
Frisches (aufgebackenes) Brot oder Maispuffer, Seite 88.

Limetten-Curry-Kalbsschnitzel mit erfrischender tropischer Salsa

Marinierte Pouletbrust auf cremigem Bohnen-Mais-Gemüse

- *4 Pouletbrüstchen (Hühnerbrüstchen), ca. 600 g*
- *1 TL Meersalz*
- *300 g Maiskörner (Dose), abgetropft*
- *300 g rote Bohnen (Dose), abgetropft*
- *200 ml Kokosmilch*
- *2 EL Korianderblättchen, gehackt*

Marinade

- *1 Frühlingszwiebel*
- *½ Chili (z.B. Scotch Bonnet Chili, siehe Seite 92), entkernt, fein gehackt*
- *2 Knoblauchzehen, gepresst*
- *4 EL Erdnuss- oder Sonnenblumenöl*
- *1 EL Weissweinessig*
- *1 Prise Zimtpulver*
- *1 TL Thymianblättchen*

Für die Marinade die Frühlingszwiebel mit dem grünen Röhrchen in feine Ringe schneiden und mit den restlichen Zutaten verrühren. Die Pouletbrüstchen darin einlegen und zugedeckt 1 Stunde im Kühlschrank marinieren.

Den Ofen auf 80 Grad vorheizen, eine Platte und vier Teller mitwärmen.

Die Pouletbrüstchen aus der Marinade nehmen, überschüssige Marinade abstreifen und beiseite stellen.

Die Pouletbrüstchen mit Salz würzen, beidseitig 5 Minuten anbraten, auf die vorgewärmte Platte legen und 25 Minuten im Ofen gar ziehen lassen. Sie können im 60 Grad warmen Ofen bis zu 20 Minuten warm gehalten werden.

Die restliche Marinade, die Maiskörner und Bohnen in die Pfanne geben, kurz anbraten, mit Kokosmilch ablöschen und etwa 2 Minuten köcheln lassen. Die Korianderblättchen darunter mischen, mit Salz abschmecken und mit den Pouletbrüstchen anrichten.

Marinierte Pouletbrust auf cremigem Bohnen-Mais-Gemüse

Pouletbrüstchen in Erdnusspanade an scharfer Bananensauce

- *4 Pouletbrüstchen (Hühnerbrüstchen), ca. 600 g*
- *½ Zitrone, nur Saft*
- *½ TL Meersalz, schwarzer Pfeffer aus der Mühle*
- *4 EL Mehl*
- *1 Freilandei, verklopft*

Erdnusspanade
- *150 g geröstete Erdnüsse, grob gehackt*
- *4 EL Korianderblättchen, fein gehackt*
- *1 Bund Schnittlauch, fein geschnitten*
- *1 Zitrone, abgeriebene Schale*

Bananensauce
- *1 rote Zwiebel, fein gehackt*
- *1 Knoblauchzehe, in feine Scheiben geschnitten*
- *2 EL Erdnuss- oder Sonnenblumenöl*
- *1 Banane, geschält, in sehr feine Scheiben geschnitten*
- *1 Chili (z.B. Scotch Bonnet Chili, siehe Seite 92), entkernt, fein gehackt*
- *1 kräftige Prise Pimentpulver*
- *100 ml Bouillon*

Den Ofen auf 80 Grad vorheizen, eine Platte und vier Teller mitwärmen.

Alle Zutaten der Panade in einen tiefen Teller geben und mischen.

Die Pouletbrüstchen mit Zitronensaft beträufeln und würzen. Zuerst im Mehl, dann im Ei und anschliessend in der Panade wenden.

Die Brüstchen bei mittlerer Hitze in einer beschichteten Bratpfanne beidseitig 5 Minuten braten, auf die vorgewärmte Platte geben und 25 Minuten im Ofen gar ziehen lassen. Das Fleisch kann im 60 Grad warmen Ofen bis zu 20 Minuten warm gehalten werden.

Für die Sauce Zwiebel und Knoblauch im Öl glasig dünsten, Banane, Chili, Piment und Bouillon dazugeben und dickflüssig einkochen lassen. Mit Salz und Pfeffer abschmecken und zu den Pouletbrüstchen servieren.

Tobago-Schweinsfilet auf pikanter Ananas

- *1 Schweinsfilet, ca. 600 g*
- *½ TL Meersalz*
- *1 Ananas*
- *3 Frühlingszwiebeln*
- *½ Chili (z.B. Scotch Bonnet Chili, siehe Seite 92), entkernt, fein gehackt*
- *2 EL Korianderblättchen, grob gehackt*

Tobago-Marinade
- *1 Zwiebel, fein gehackt*
- *1 Knoblauchzehe, gepresst*
- *⅓ TL Pimentpulver*
- *½ Chili (z.B. Scotch Bonnet Chili), entkernt, fein gehackt*
- *½ TL Thymianblättchen*
- *1 Tomate, gewürfelt*
- *1 rote Peperoni (Paprika), gewürfelt*
- *½ Orange, nur Saft*

Alle Zutaten der Marinade mischen, 15 Minuten einkochen lassen, fein pürieren, etwas auskühlen lassen und das Schweinsfilet damit bepinseln. Zugedeckt 1 Stunde im Kühlschrank marinieren.

Den Ofen auf 80 Grad vorheizen, eine Platte mitwärmen.

Die Ananas schälen, längs vierteln und den Strunk entfernen. Das Fruchtfleisch in dünne Scheiben schneiden und fächerartig auf Tellern anrichten. Die Frühlingszwiebeln mit den grünen

Tobago-Schweinsfilet auf pikanter Ananas

Röhrchen in feine Ringe schneiden und zusammen mit Chili und Koriander darüber streuen.

Das Fleisch aus der Marinade nehmen, überschüssige Marinade abstreifen und das Fleisch salzen. Bei mittlerer Hitze rundum, auch an den Enden, 10 Minuten anbraten, auf die vorgewärmte Platte legen und 1½ Stunden im Ofen gar ziehen lassen. Das Fleisch kann im 60 Grad warmen Ofen bis zu 45 Minuten warm gehalten werden.

Zum Servieren das Fleisch in feine Tranchen schneiden und auf der Ananas anrichten.

Dazu passt
Gebratene Süsskartoffelscheiben, Seite 88, oder saftiger Kokosreis, Seite 91.

Truthahnschnitzel in Süsskartoffelkruste an Ingwersauce

- *8 Truthahnschnitzel, ca. 700 g*
- *1 TL Meersalz, Pfeffer aus der Mühle*
- *3 EL Mehl*
- *Erdnuss- oder Sonnenblumenöl zum Braten*

Süsskartoffelkruste
- *80 g Doppelrahmfrischkäse (z.B. Philadelphia)*
- *1 Freilandei, verklopft*
- *1 EL Rum*
- *600 g Süsskartoffeln, geschält*

Ingwersauce
- *100 ml Kokosmilch*
- *180 g Joghurt nature*
- *1½ TL Ingwer, frisch gerieben*
- *1 TL flüssiger Honig (z.B. Akazienhonig)*
- *2 Prisen Salz, schwarzer Pfeffer aus der Mühle*

Den Ofen auf 80 Grad vorheizen, eine Platte und vier Teller mit wärmen.

Die Truthahnschnitzel würzen, in Mehl wenden und überschüssiges Mehl abschütteln.

Den Doppelrahmfrischkäse mit Ei und Rum verrühren und in einen Teller geben. Die Süsskartoffeln in Stäbchen oder an der Röstiraffel grob reiben, auf einen Teller geben. Die Schnitzel zuerst in der Frischkäsemasse, dann in den Süsskartoffelstäbchen wenden. Die Panade gut andrücken.

Das Fleisch sofort in heissem Öl beidseitig goldbraun braten, auf die vorgewärmte Platte legen und im Ofen 15 Minuten gar ziehen lassen. Damit die Panade knusprig bleibt, die Ofentüre einen Spaltbreit offen lassen.

Alle Zutaten für die Ingwersauce mischen und mit Salz und Pfeffer abschmecken.

Die Schnitzel mit der Sauce anrichten und sofort servieren.

Dazu passt
Ein Blattsalat mit exotischen Früchten (z.B. Sternfrüchte/Karambolen) und einem Dressing aus 2 EL Limettensaft, 4 EL Öl, ½ Chili (entkernt, fein gehackt) und Meersalz.

Gefüllter Trutenbraten mit Rum

Gefüllter Trutenbraten mit Rum

- *1 Trutenbrust, ca. 1 kg, vom Metzger für einen Rollbraten aufgeschnitten*
- *¾ TL Meersalz, schwarzer Pfeffer aus der Mühle*
- *Bratbutter zum Anbraten*
- *300 ml Geflügelbouillon, heiss*
- *4 EL Butter*
- *1 EL Tomatenpüree*
- *1 EL glatte Petersilie, fein gehackt*
- *1 EL Rohzucker*
- *einige Spritzer Tabasco*

Füllung

- *3 Frühlingszwiebeln, mit den grünen Röhrchen fein geschnitten*
- *2 Knoblauchzehen, in feine Scheiben geschnitten*
- *2 Stangen Sellerie, in feine Scheiben geschnitten*
- *1 EL Thymianblättchen*
- *1 Chili (z.B. Scotch Bonnet Chili, siehe Seite 92), entkernt, fein gehackt*
- *1 EL Currypulver*
- *1 EL Rohzucker*
- *3 EL Sojasauce*
- *1 EL Obstessig*
- *100 ml Rum*

Alle Zutaten für die Füllung mischen, in ein Sieb geben, abtropfen lassen und die Flüssigkeit (Marinade) auffangen.

Das Fleisch flach auslegen, die Füllung darauf verteilen und etwas andrücken. Das Fleischstück von der Längsseite her satt aufrollen. Mit Küchenschnur binden, in einen Gefrierbeutel legen, die Marinade dazugiessen und verschliessen. Im Kühlschrank mindestens 2 Stunden, besser über Nacht, ziehen lassen.

Den Braten aus der Marinade nehmen und mit Küchenpapier trockentupfen, mit Salz und Pfeffer würzen. Die restliche Marinade beiseite stellen.

Den Ofen auf 200 Grad vorheizen.

Den Rollbraten in heisser Bratbutter ringsum kräftig anbraten, in einen Bräter legen, Marinade und Bouillon dazugiessen und das Fleisch in der Mitte des 200 Grad heissen Ofens 30 Minuten braten. Die Ofentemperatur auf 80 Grad reduzieren und den Braten weitere 45 Minuten gar ziehen lassen. Die Bratflüssigkeit in eine Pfanne absieben. Den Braten mit Alufolie bedecken und im Ofen warm halten.

Die Bratflüssigkeit mit Butter, Tomatenpüree, Petersilie und Rohzucker mischen und mit Tabasco abschmecken.

Dazu passt
Süsskartoffelpüree mit Thymian und Knoblauch, Seite 88.

Jerk-Schweinsschnitzel auf Orangen-Blattsalat

- *8 Schweinsschnitzel (Nierstück), je ca. 80 g*
- *½ TL Meersalz*
- *Erdnuss- oder Sonnenblumenöl zum Braten*
- *4 Orangen*
- *300 g gemischter Blattsalat*

Würzpaste

- *1 Chili (z.B. Scotch Bonnet Chili, siehe Seite 92), entkernt, fein gehackt*
- *1 Zwiebel, fein gehackt*
- *2 Knoblauchzehen, gepresst*
- *1 EL Obstessig*
- *2 EL Erdnuss- oder Sonnenblumenöl*
- *1 EL Limettensaft*
- *1 TL Pimentpulver*
- *1 TL Zimtpulver*
- *¼ TL Muskatnuss, frisch gerieben*
- *1 EL Thymianblättchen*

Dressing

- *1 Orange, Saft*
- *4 EL Erdnuss- oder Sonnenblumenöl*
- *1 Spritzer Tabasco*

Alle Zutaten der Würzpaste verrühren, die Schnitzel damit einreiben, in einen Gefrierbeutel geben, verschliessen und für mindestens 1 Stunde, besser über Nacht, marinieren.

Den Ofen auf 80 Grad vorheizen, eine Platte mitwärmen.

Die Schnitzel aus der Marinade nehmen, überschüssige Marinade abstreifen, das Fleisch mit Salz würzen und in heissem Öl beidseitig 1 Minute anbraten. Auf die vorgewärmte Platte legen und im Ofen 15 Minuten gar ziehen lassen. Das Fleisch kann im 60 Grad warmen Ofen bis zu 15 Minuten warm gehalten werden.

Die Orangen schälen, die einzelnen Schnitze zwischen den weissen Häutchen herausschneiden und mit dem Blattsalat auf Tellern anrichten. Die Zutaten für das Dressing verrühren, mit Salz abschmecken und darüber träufeln. Das Fleisch auf dem Salat anrichten und sofort servieren.

Dazu passt

Gebratene Süsskartoffelscheiben, Seite 88, oder Maispuffer, Seite 88.

Jerk

Die feurig aromatische Gewürzpaste Jerk stammt aus Jamaika und wird zum Marinieren von Fleisch verwendet. Sie vereint harmonisch die Schärfe der karibischen Chilis mit Piment, Gewürzen und Kräutern.

Jerk-Schweinsschnitzel auf Orangen-Blattsalat

Würzige Roastbeefspiesse an kalter Avocadosauce

- *700 g Entrecôte am Stück*
- *½ TL Meersalz*
- *Erdnuss- oder Sonnenblumenöl zum Braten*
- *1 Sternfrucht (Karambole), in 5 mm dicke Scheiben geschnitten*

Gewürzmischung
- *2 TL Kardamomsamen*
- *2 TL Kreuzkümmelpulver*
- *1 TL Koriandersamen*
- *1 TL schwarze Pfefferkörner*
- *3 cm Zimtstange, zerbröckelt*
- *6 Gewürznelken*

Avocadosauce
- *2 reife Avocados*
- *1 Schalotte, fein gehackt*
- *1 Knoblauchzehe, gepresst*
- *1 EL Limettensaft*
- *1 Prise Kreuzkümmelpulver*
- *½ TL Meersalz*
- *einige Spritzer Tabasco*

Den Ofen auf 80 Grad vorheizen, eine Platte mitwärmen.

Alle Zutaten der Gewürzmischung im Mörser fein zerstossen oder im Cutter fein mahlen.

Das Fleisch in gut 2 cm grosse Würfel schneiden, mit Salz würzen, in der Gewürzmischung wenden und diese gut andrücken. Die Fleischwürfel portionenweise bei mittlerer Hitze in Öl 1½ Minuten anbraten, auf die vorgewärmte Platte geben und im Ofen 20 Minuten gar ziehen lassen. Das Fleisch kann im 60 Grad warmen Ofen bis zu 15 Minuten warm gehalten werden.

Für die Sauce die Avocados halbieren, die Kerne entfernen, das Fruchtfleisch herausschaben und fein pürieren. Mit Schalotte, Knoblauch, Limettensaft sowie Kreuzkümmel verrühren, mit Salz und Tabasco abschmecken.

Zum Servieren die Fleischwürfel auf Spiesse stecken und mit Sternfruchtscheiben und der Avocadosauce anrichten.

Dazu passt
Brot, gebratene Süsskartoffelscheiben, Seite 88, oder Maispuffer, Seite 88.

Kubanische Kaninchenröllchen an Esmeraldasauce

- *8 Kaninchenfilets*
- *½ TL Meersalz, schwarzer Pfeffer aus der Mühle*
- *1 Bund glatte Petersilie, fein gehackt*
- *2 EL Korianderblättchen, fein gehackt*
- *2 EL Mandeln, gemahlen*
- *8 dünne Tranchen Rohessspeck*
- *Erdnuss- oder Sonnenblumenöl zum Braten*

Esmeraldasauce

- *1 frisches Eigelb (Freilandei)*
- *½ TL Limettensaft*
- *½ TL Salz*
- *150 ml Erdnuss- oder Sonnenblumenöl*
- *180 g saurer Halbrahm*
- *2 Knoblauchzehen, gepresst*
- *1 EL glatte Petersilie, fein gehackt*
- *1 EL Korianderblättchen, fein gehackt*
- *einige Spritzer Tabasco*

Den Ofen auf 80 Grad vorheizen, eine Platte mitwärmen.

Die Kaninchenfilets der Länge nach waagrecht halbieren, mit Klarsichtfolie bedecken, mit einem Wallholz leicht flach klopfen und mit Salz und Pfeffer würzen. Petersilie, Koriander und Mandeln mischen und die Fleischstreifen damit bestreuen. Jeweils 2 Fleischstreifen miteinander von der schmalen Seite her aufrollen und mit je einer Speckscheibe umwickeln. Die Röllchen mit einem Zahnstocher fixieren und in heissem Öl 3 Minuten rundherum anbraten. Auf die vorgewärmte Platte legen und im Ofen 15 Minuten gar ziehen lassen. Das Fleisch kann im 60 Grad warmen Ofen bis zu 10 Minuten warm gehalten werden.

Für die Sauce Eigelb, Limettensaft und Salz in einer Schüssel gut verrühren. Das Öl tropfenweise unter Rühren mit dem Schwingbesen oder dem Handrührgerät beigeben, bis eine dickliche Masse entsteht. Die restlichen Zutaten unterrühren und mit Tabasco abschmecken.

Die Kaninchenröllchen mit der Esmeraldasauce anrichten.

Dazu passt

Gebratene Süsskartoffelscheiben, Seite 88, Blattsalat.

Rindsfiletmedaillons mit Papaya-Bohnen-Chili

- *8 Rindsfiletmedaillons, ca. 700 g*
- *½ TL Meersalz, schwarzer Pfeffer aus der Mühle*
- *Erdnuss- oder Sonnenblumenöl zum Braten*

Papaya-Bohnen-Chili

- *150 ml Rindsbouillon*
- *400 g gehackte, geschälte Tomaten aus der Dose*
- *3 Knoblauchzehen, gepresst*
- *⅓ TL Kreuzkümmelpulver*
- *1 EL Thymianblättchen*
- *1 Chili (z.B. Scotch Bonnet Chili, siehe Seite 92), entkernt, fein gehackt*
- *1 TL Paprikapulver, edelsüss*
- *1 Dose rote Bohnen, ca. 400 g, abgetropft*
- *3 Frühlingszwiebeln, mit den grünen Röhrchen in feine Ringe geschnitten*
- *1 kleine Papaya*
- *200 g Crème fraîche*

Den Ofen auf 80 Grad vorheizen, eine Platte und vier Teller mitwärmen.

Die Rindsfiletmedaillons mit Salz und Pfeffer würzen, beidseitig 2 Minuten in einer Grill- oder Bratpfanne anbraten, auf die vorgewärmte Platte geben und 15 Minuten im Ofen gar ziehen lassen. Sie können im 60 Grad warmen Ofen bis zu 15 Minuten warm gehalten werden.

Rindsfiletmedaillons mit Papaya-Bohnen-Chili

Den Bratsatz in der Fleischpfanne mit der Rindsbouillon ablöschen. Tomaten, Knoblauch, Kreuzkümmel, Thymian, Chili, Paprikapulver und die Bohnen dazugeben und bei kleiner Hitze 20 Minuten köcheln lassen. Dabei gelegentlich umrühren.

Die Papaya schälen, längs halbieren, entkernen, in etwa 1 cm grosse Würfel schneiden, zugedeckt beiseite stellen.

Die Frühlingszwiebeln zum Tomaten-Bohnen-Gemüse geben, nochmals aufkochen, vom Herd nehmen und mit Salz abschmecken. Die Papayawürfel unterrühren und mit den Filetmedaillons anrichten.

Die Crème fraîche separat dazu servieren.

Dazu passt
Frisches (aufgebackenes) Brot oder Maispuffer, Seite 88.

Schweinskotelett an Caipirinha-Schaumsauce

- *4 Schweinskoteletts, je 200–250 g*
- *1 TL Meersalz, schwarzer Pfeffer aus der Mühle*
- *Bratbutter zum Anbraten*

Caipirinha-Schaumsauce
- *2 frische Freilandeier*
- *100 ml Gemüsebouillon*
- *4 EL Cachaça (Zuckerrohrbranntwein), ersatzweise Rum*
- *1 Limette, wenig abgeriebene Schale und 2 TL Saft*
- *½ TL Rohzucker*
- *50 g Butter, kalt, in Stücken*

Den Ofen auf 80 Grad vorheizen, eine Platte und vier Teller mitwärmen.

Die Koteletts mit Salz würzen, den Fettrand mehrmals einschneiden, in Bratbutter beidseitig 5 Minuten anbraten, auf die vorgewärmte Platte legen und im Ofen 30 Minuten gar ziehen lassen. Die Koteletts können im 60 Grad warmen Ofen bis zu 45 Minuten warm gehalten werden.

Für die Sauce alle Zutaten bis und mit Rohzucker mit den Schwingbesen des Handrührgerätes im nicht zu heissen Wasserbad zu einem festen Schaum schlagen. Die Butterstückchen unter ständigem Weiterschlagen dazugeben. Die Sauce mit Salz und Pfeffer abschmecken und mit dem Fleisch sofort servieren.

Dazu passt
Eisbergsalat, Trockenreis, gebratene Süsskartoffelscheiben, Seite 88.

Jamaikanisches Schweinefleisch-Gemi

Jamaikanisches Schweinefleisch-Gemüse-Curry

- *500 g Schweinsnierstück*
- *½ TL Meersalz, schwarzer Pfeffer aus der Mühle*
- *Erdnuss- oder Sonnenblumenöl zum Braten*
- *1 rote Zwiebel, in Streifen*
- *½ Chili (z.B. Scotch Bonnet Chili, siehe Seite 92), entkernt, fein gehackt*
- *600 ml Rindsbouillon*
- *400 ml Kokosmilch*
- *1 Zimtstange*
- *3 Gewürznelken*
- *6 grüne Kardamomkapseln*
- *800 g gemischtes Gemüse (z.B. Kochbanane, Kürbis, Patissons, Zucchetti, Kefen/Zuckerschoten, Aubergine), in Würfeln oder Stücken*

Den Ofen auf 80 Grad vorheizen, eine Platte und vier Teller mitwärmen.

Das Schweinefleisch in etwa 3 cm grosse Würfel schneiden, würzen und portionenweise in heissem Öl rund 2 Minuten anbraten. Die Fleischwürfel auf die vorgewärmte Platte geben und 30 Minuten im Ofen gar ziehen lassen. Sie können im 60 Grad warmen Ofen bis zu 20 Minuten warm gehalten werden.

In der Fleischpfanne Zwiebel und Chili kurz andünsten, mit Rindsbouillon und Kokosmilch ablöschen, Zimt, Gewürznelken und Kardamom dazugeben und aufkochen. Das Gemüse beifügen und bei kleiner Hitze etwa 10 Minuten köcheln lassen.

Das Fleisch unterrühren, mit Salz abschmecken und servieren.

Dazu passt
Trockenreis.

Asiatisch

“Es gibt niemanden,
der nicht isst und trinkt,
aber nur wenige,
die den Geschmack
zu schätzen wissen.”

Konfuzius, 551–479 v. Chr., chinesischer Philosoph

Pouletspiesse mit Lychees und Erdnussdip

- *700 g Minipouletfilets (Hühnerfilets)*
- *Bambusspiesse*
- *1 Dose Lychees (ca. 500 g/20 Stück), abgetropft*
- *½ TL Meersalz*
- *Erdnussöl zum Braten*

Marinade
- *100 ml Kokosmilch*
- *1 Limette, abgeriebene Schale und ganzer Saft*
- *½ TL Kurkuma*
- *½ TL rote thailändische Currypaste*
- *2 EL Erdnussöl*

Erdnussdip
- *100 g Erdnussbutter*
- *100 ml Hühnerbouillon*
- *1 Zwiebel, fein gehackt*
- *1 Limette, abgeriebene Schale und Saft*
- *1 Sternanis, im Mörser sehr fein zerstossen*
- *½ TL rote thailändische Currypaste*
- *1 EL Korianderblättchen, fein gehackt*

Alle Zutaten der Marinade gut verrühren, zu den Minipouletfilets geben, gut mischen und zugedeckt 30–60 Minuten kalt stellen.

Für den Dip alle Zutaten ausser dem Koriander in einem kleinen Topf unter ständigem Rühren kurz zu einer dicken Sauce einkochen. Den Koriander darunter rühren und auskühlen lassen.

Den Ofen auf 80 Grad vorheizen, eine Platte und vier Teller mitwärmen.

Je ein Minipouletfilet um eine Lychee wickeln und auf einen Spiess stecken. Die fertigen Spiesse mit Salz würzen und in einer Grill- oder Bratpfanne in heissem Erdnussöl auf jeder Seite knapp 1 Minute anbraten. Auf die vorgewärmte Platte legen und im Ofen 15 Minuten nachgaren lassen. Die Spiesse können im 60 Grad warmen Ofen bis zu 15 Minuten warm gehalten werden.

Dazu passt

Thailändischer Jasminreis, Parfümreis oder Basmatireis. Ohne Dip eignet sich auch der asiatische Risotto, Seite 91, als Beilage.

Tipp

Anstelle von Holzspiessen der Länge nach halbiertes Zitronengras verwenden.

Lychees aus der Dose durch frische ersetzen.

Lychees

Diese angenehm erfrischend nach Rosen und Sauerkirschen schmeckenden Baumfrüchte kommen aus China. Sie sind bei uns frisch und als Konserve in gut sortierten Supermärkten erhältlich. Frische Lychees müssen zum Verzehren geschält und entsteint werden.

Pouletspiesse mit Lychees und Erdnussdip

Poulet-Melonen-Curry mit Basilikum

- *4 Pouletbrüste (Hühnerbrüste)*
- *1 Cavaillon-Melone (ca. 800 g), geschält*
- *175 ml Kokosmilch*
- *2 EL Limettensaft*
- *2 Sternanis*
- *1 EL Ingwer, frisch gerieben*
- *12 Basilikumblättchen*
- *1 TL rote thailändische Currypaste*
- *1 rote Chili, entkernt, in feine Ringe geschnitten*
- *100 ml Halbrahm (25% Fett), flaumig geschlagen*
- *Meersalz*
- *einige Basilikumblättchen zum Dekorieren*

Den Ofen auf 80 Grad vorheizen und vier tiefe Teller mitwärmen.

Die Melone halbieren, mit einem Kugelausstecher 12 Kugeln ausstechen und zugedeckt beiseite stellen. Das restliche Fruchtfleisch fein pürieren, zusammen mit Kokosmilch, Limettensaft, Sternanis, Ingwer, Basilikum und Chili aufkochen.

Die Pouletbrüste quer halbieren, dazugeben, aufkochen, zudecken und im Ofen 45 Minuten gar ziehen lassen. Die Brüstchen können im 60 Grad warmen Ofen bis zu 30 Minuten warm gehalten werden.

Zum Servieren Rahm und Melonenkugeln unter das Curry mischen, mit Salz abschmecken, anrichten und mit Basilikumblättchen garnieren.

Dazu passt
Thailändischer Jasminreis, Parfümreis oder Basmatireis.

Tipps
Besonders apart schmeckt dieses Curry mit thailändischem Basilikum.

Anstelle von Basilikum das Gericht mit frischem Koriander zubereiten.

Poulet-Melonen-Curry mit Basilikum

Kalbskotelett in leichtem Shiitakejus

Kalbskotelett in leichtem Shiitakejus

- *4 Kalbskoteletts, je 200–250 g*
- *2 EL Sojasauce*
- *½ TL Szechuanpfeffer, im Mörser sehr fein zerstossen*
- *2 EL Erdnussöl zum Braten*

Shiitake-Spargel-Jus

- *400 ml Kalbsfond (Glas)*
- *1 Knoblauchzehe, in feine Scheiben geschnitten*
- *1 EL frischer Ingwer, in feine Streifen geschnitten*
- *1 Sternanis*
- *2 rote Chili, ganz, mit einer Nadel mehrmals eingestochen*
- *2 EL Sojasauce*
- *50 g Lauch, in feine Ringe geschnitten*
- *100 g kleine frische Shiitakepilze, ersatzweise 20 g getrocknete, eingeweicht*
- *Meersalz*

Den Ofen auf 80 Grad vorheizen, eine Platte und vier tiefe Teller mitwärmen.

Die Kalbskoteletts mit Sojasauce bepinseln, mit Szechuanpfeffer bestreuen und 5 Minuten marinieren. In einer beschichteten Grill- oder Bratpfanne im heissen Erdnussöl beidseitig 5 Minuten anbraten. Auf die vorgewärmte Platte legen und im Ofen 30 Minuten nachgaren. Die Koteletts können im 60 Grad warmen Ofen bis zu 45 Minuten warm gehalten werden.

Den Kalbsfond mit Knoblauch, Ingwer, Sternanis, Chili und Sojasauce aufkochen. Den Lauch und die Shiitakepilze dazugeben, zugedeckt bei kleiner Hitze 5 Minuten köcheln lassen. Von der Herdplatte nehmen, mit Salz abschmecken und bis zum Servieren ziehen lassen.

Vor dem Servieren den Shiitakejus nochmals erhitzen, in die vorgewärmten tiefen Teller verteilen und je ein Kotelett dazulegen.

Dazu passt

Chinesische Nudeln, asiatische Eiernudeln oder Reis, z.B. thailändischer Jasminreis, Parfümreis.

Shiitake

Dieser in Japan und China sehr beliebte Speisepilz mit rotbraunem Hut und festem weisslichem Fleisch wird an Bambus und Eichenstämmen kultiviert. Er ist bei uns in gut sortierten Supermärkten frisch und getrocknet erhältlich. Getrocknete Pilze müssen vor der Verwendung rund 20 Minuten in lauwarmem Wasser eingeweicht werden.

Entenbrust auf Sauerkraut aus dem Wok

- *4 Entenbrüste, ca. 700 g*

Marinade

- *2 EL Sojasauce*
- *2 TL Ingwer, frisch gerieben*
- *1 TL Honig*

Sauerkraut

- *2 EL Erdnuss- oder Sonnenblumenöl*
- *1 rote Peperoni (Paprika), fein gewürfelt*
- *je 15 g getrocknete Shiitake- und Mu-Err-Pilze, 20 Minuten in lauwarmem Wasser eingeweicht, abgetropft*
- *4 Knoblauchzehen, geschält, in feine Scheiben geschnitten*
- *2 Sternanis*
- *2 EL rote thailändische Currypaste*
- *1 Bund Frühlingszwiebeln, mit den grünen Röhrchen fein geschnitten*
- *500 g rohes Sauerkraut, gut abgetropft*
- *400 ml Kokosmilch*
- *200 ml Gemüsebouillon*

Den Ofen auf 80 Grad vorheizen, eine Platte und vier tiefe Teller mitwärmen.

Die Haut der Entenbrüste mit einem scharfen Messer rautenförmig einschneiden, ohne in das Fleisch zu schneiden. Mit der Hautseite nach unten in eine kalte beschichtete Bratpfanne legen und bei mittlerer Hitze die Haut braun braten. Die Entenbrüste wenden und auf der Fleischseite ebenfalls braun braten. Herausnehmen und auf die vorgewärmte Platte geben.

Die Zutaten der Marinade mischen, die Entenbrüste damit bepinseln und im Ofen 30 Minuten nachgaren lassen. Sie können bei 60 Grad bis zu 20 Minuten warm gehalten werden.

Das Öl im Wok oder in einer grossen Bratpfanne erhitzen. Die Peperoni und die Pilze etwa 2 Minuten unter gelegentlichem Rühren darin braten. Knoblauch, Sternanis, Currypaste und Frühlingszwiebeln dazugeben, kurz mitbraten. Das Sauerkraut dazugeben, mit Kokosmilch und Gemüsebouillon auffüllen und 10 Minuten bei mittlerer Hitze köcheln lassen.

Die Entenbrüste in Tranchen schneiden, auf dem Sauerkraut anrichten und nach Belieben mit Basilikum garnieren.

Dazu passt
Reis, z.B. thailändischer Jasminreis, Parfümreis, Basmatireis.

Entenbrust auf Sauerkraut aus dem Wok

Chinesische Knusperente

- *1 junge Ente, ca. 2 kg, küchenfertig*
- *1 Bund Koriander*
- *200 ml chinesischer Reiswein, ersatzweise Weisswein*
- *1 EL Maisstärke, in 2 EL kaltem Wasser angerührt*
- *40 g Butter, kalt, in Stückchen*

Marinade
- *1 EL flüssiger Honig (z.B. Akazienhonig)*
- *3 EL chinesische Sojasauce*
- *½ TL Szechuanpfeffer, im Mörser fein zerstossen*
- *1 EL frisch geriebener Ingwer*

Alle Zutaten der Marinade verrühren, die Ente damit innen und aussen bepinseln und mit Koriander füllen. In einen Gefrierbeutel legen, gut verschliessen und über Nacht im Kühlschrank marinieren.

Den Ofen auf 200 Grad vorheizen. Einen Bräter, etwa 1 cm hoch mit Wasser gefüllt, auf den Backofenboden stellen und die Ente auf dem Rost darüber einschieben. 40 Minuten braten, dabei gelegentlich mit Marinade bepinseln.

Anschliessend die Temperatur auf 150 Grad reduzieren und die Ente weitere 40 Minuten braten.

Schliesslich die Temperatur auf 80 Grad herunterschalten und die Ente noch mindestens 45, maximal 90 Minuten nachgaren lassen. Dadurch wird das Fleisch herrlich zart.

Für den Jus den Bratsatz entfetten und je nach Salzgehalt mit Wasser verdünnen oder etwas einkochen. 300 ml davon abmessen, aufkochen, mit Maisstärke leicht binden und die Butter darunter rühren.

Kurz vor dem Servieren die Ente aus dem Ofen nehmen, den Ofen auf 250 Grad aufheizen und die Ente während etwa 5 Minuten knusprig braten. Am Tisch präsentieren, aufschneiden und mit dem Jus servieren.

Dazu passt

Reisbeilagen, z.B. asiatischer Risotto, Seite 91, Kokosreis mit Pistazien, Seite 91.

Anmerkung

Obwohl dieses Rezept auf den ersten Blick sehr aufwändig scheint, leistet die Küchenuhr den grössten Teil der Arbeit.

Chinesischer Reiswein

Dieser aus fermentiertem Reis hergestellte Wein wird meist zum Kochen verwendet. Der Wein aus Shaoxing gilt als der beste, er ist in gut sortierten Delikatessabteilungen von Warenhäusern oder in asiatischen Lebensmittelgeschäften erhältlich.

Rindsgeschnetzeltes in chinesischer Sauce mit Shiitakepilzen und Broccoli

- *400 g Rindsgeschnetzeltes*
- *2 TL Hoisinsauce*
- *2 TL Sesamöl*
- *1 EL Sesamsamen*
- *Erdnuss- oder Sonnenblumenöl zum Braten*
- *½ TL Salz*
- *30 g getrocknete Shiitakepilze*
- *1 Knoblauchzehe, fein geschnitten*
- *1 rote Zwiebel, in Streifen geschnitten*
- *250 g kleine Broccoliröschen*
- *450 ml Rindsbouillon, kalt*
- *4 TL Maisstärke*
- *1 EL Sojasauce*
- *1 cm Ingwerwurzel, in feine Scheiben geschnitten*
- *1 grüne Chili, entkernt, fein gehackt*
- *5 cm Zimtstange*
- *2 Sternanis*

Den Ofen auf 70 Grad vorheizen, eine Platte und vier Teller mitwärmen.

Das Rindsgeschnetzelte mit Hoisinsauce, Sesamöl und Sesamsamen mischen und mit Klarsichtfolie zugedeckt ziehen lassen.

Die Shiitakepilze in warmem Wasser rund 20 Minuten einweichen, dann gut abtropfen lassen.

Das marinierte Fleisch portionenweise in sehr heissem Öl 1 Minute anbraten, auf die vorgewärmte Platte geben, mit Salz würzen und 15 Minuten im Ofen gar ziehen lassen. Das Fleisch kann im 60 Grad warmen Ofen bis zu 10 Minuten warm gehalten werden.

Die Shiitakepilze, Knoblauch, Zwiebel und Broccoli in der Fleischpfanne in wenig Öl 2–3 Minuten unter Rühren braten.

Die Rindsbouillon mit der Maisstärke und der Sojasauce verrühren, zum Gemüse geben und unter Rühren aufkochen. Ingwer, Chili, Zimt und Sternanis dazugeben und das Gemüse in der Sauce etwa 5 Minuten garen, bis die Sauce auf die gewünschte Konsistenz eingekocht ist.

Das Fleisch in die heisse Sauce geben, kurz ziehen lassen und servieren.

Sesam-Schweinsfilet an Ingwer-Kürbissauce mit Broccoli

- *1 Schweinsfilet, ca. 600 g*
- *½ TL Meersalz, schwarzer Pfeffer aus der Mühle*
- *8 EL Sesamsamen*
- *Sesamöl zum Braten*
- *250 g kleine Broccoliröschen*

Marinade

- *2 EL Orangensaft*
- *1 EL flüssiger Honig (z.B. Akazienhonig)*
- *1 TL Ingwer, frisch gerieben*
- *1 TL Hoisinsauce*

Sauce

- *1 Schalotte, fein gehackt*
- *250 g Kürbisfruchtfleisch, grob gewürfelt*
- *1 EL Erdnuss- oder Sonnenblumenöl*
- *100 ml Halbrahm (25% Fett)*
- *50 ml Gemüsebouillon*
- *1 Orange, abgeriebene Schale von der halben und Saft der ganzen Orange*

Alle Zutaten der Marinade verrühren, das Filet damit bepinseln, in einen Gefrierbeutel legen, diesen gut verschliessen und das Fleisch mindestens 3 Stunden im Kühlschrank marinieren.

Den Ofen auf 80 Grad vorheizen, eine Platte und vier Teller mitwärmen.

Die Marinade vom Filet etwas abstreifen, dieses mit Salz würzen und im Sesam wenden. In heissem

Sesamöl rundum, auch an den Enden, 5 Minuten anbraten. Auf die vorgewärmte Platte legen und 1½ Stunden im Ofen gar ziehen lassen. Das Filet kann im 60 Grad warmen Ofen bis zu 45 Minuten warm gehalten werden.

Für die Sauce Schalotte und Kürbis im Öl andünsten, Rahm, Gemüsebouillon, Orangenschale und -saft dazugeben und bei kleiner Hitze 10 Minuten zugedeckt weich kochen. Die Sauce fein pürieren und mit Salz und Pfeffer abschmecken.

Kurz vor dem Servieren die Broccoliröschen in kochendem Salzwasser etwa 3 Minuten knackig garen, herausnehmen und gut abtropfen lassen.

Das Filet in feine Tranchen schneiden und mit Sauce und Broccoli anrichten.

Dazu passt
Chinesische Eiernudeln, Trockenreis.

Marinierte Perlhuhnbrust an asiatischer Hollandaise

- *4 Perlhuhnbrüste, mit Haut*
- *Bratbutter*

Marinade
- *2 EL Sojasauce*
- *1 EL Weisswein*
- *2 TL Korianderblättchen, fein gehackt*

Asiatische Hollandaise
- *150 ml Weisswein*
- *1 Schalotte, fein gehackt*
- *4 Körner Szechuanpfeffer oder schwarzer Pfeffer, zerdrückt*
- *2 Zweige Koriander*
- *2 frische Eigelb*
- *125 g Butter, flüssig, abgekühlt*
- *2 EL Sojasauce*
- *wenig Pfeffer aus der Mühle*

Die Zutaten der Marinade mischen, die Perlhuhnbrüste darin wenden, zudecken und im Kühlschrank mindestens 30 Minuten ziehen lassen.

Den Ofen auf 80 Grad vorheizen, eine Platte und vier Teller mitwärmen.

Die Perlhuhnbrüste mit Küchenpapier trockentupfen. In Bratbutter bei mittlerer Hitze 5 Minuten beidseitig anbraten, auf die vorgewärmte Platte legen und im Ofen 25 Minuten gar ziehen lassen. Die Perlhuhnbrüstchen können im 60 Grad warmen Ofen bis zu 20 Minuten warm gehalten werden.

Für die Sauce Weisswein, Schalotte, Pfefferkörner und Koriander auf etwa 50 ml (gut 3 Esslöffel) einkochen und in eine dünnwandige Schüssel absieben. Ein Wasserbad knapp unter den Siedepunkt erhitzen.

Die Eigelbe in die Weissweinreduktion geben, die Schüssel ins Wasserbad stellen und alles mit dem Schwingbesen schaumig rühren, bis die Masse dicklich ist und sich Rührspuren abzeichnen. Aus dem Wasserbad nehmen und 1 Minute weiterrühren. Anschliessend die flüssige Butter löffelweise darunter rühren. Die Sauce mit Sojasauce und wenig Pfeffer würzen.

Dazu passt
Asiatischer Gemüsereis, Seite 90, oder Trockenreis und gedämpftes Saisongemüse.

In Schwarztee gegartes Kalbsfilet auf Grünteerisotto

- *1,5 l kräftiger Schwarztee (5 Minuten ziehen lassen), heiss*
- *1½ EL Meersalz*
- *600 g Kalbsfilet*

Grünteerisotto

- *1 Schalotte, fein gehackt*
- *1 EL Erdnuss- oder Sonnenblumenöl*
- *300 g Rundkornreis, z.B. Vialone*
- *1 l Gemüsebouillon*
- *2 EL Grünteepulver (Macha)*
- *40 g Butter, kalt, in Würfeln*

Den Ofen auf 80 Grad vorheizen und vier Teller mitwärmen.

Den Schwarztee mit dem Salz aufkochen, das Kalbsfilet hineinlegen (es muss mit der Flüssigkeit bedeckt sein), aufkochen, zudecken und im Ofen 30 Minuten gar ziehen lassen.

Um das Fleisch warm zu halten, die Ofentemperatur auf 60 Grad reduzieren und den Ofen zum rascheren Abkühlen kurz öffnen. Das Filet aus dem Tee nehmen, auf eine Platte legen, mit Klarsichtfolie bedecken und bis zu 45 Minuten warm halten.

Für den Risotto die Schalotte im Öl glasig dünsten. Den Reis dazugeben, kurz mitdünsten und mit der Gemüsebouillon ablöschen. Den Reis unter möglichst häufigem

In Schwarztee gegartes Kalbsfilet auf Grünteerisotto

Rühren etwa 15 Minuten knapp al dente kochen. Das Grünteepulver mit wenig kaltem Wasser anrühren, zusammen mit der Butter unter den Reis rühren und diesen 3–5 Minuten ziehen lassen.

Das Kalbsfilet in feine Scheiben schneiden und auf dem Risotto anrichten.

Tipp

Das Gericht mit einigen Ringelblumenblüten (sie sind essbar) oder Orchideenblüten (ungeniessbar!) garnieren.

Grünteepulver (Macha)

Diese japanische Teespezialität ist in Teefachgeschäften, gut sortierten Reformhäusern und in Delikatessabteilungen von Warenhäusern erhältlich.

Kaninchenfilet mit Stangensellerie und Sojasprossen

- *600 g Kaninchenfilets*
- *Erdnuss- oder Sonnenblumenöl zum Braten*

Marinade

- *6 EL Reiswein (Sake), ersatzweise Weisswein*
- *3 EL Hoisinsauce*
- *1 EL Maisstärke*
- *1 TL Meersalz, schwarzer Pfeffer aus der Mühle*

Gemüse

- *2 EL frischer Ingwer, in feine Streifen geschnitten*
- *1 rote Zwiebel, in feine Streifen geschnitten*
- *6 Stangen Sellerie, in feine Scheiben geschnitten*
- *150 g Sojasprossen*

Die Kaninchenfilets in Würfel schneiden.

Den Ofen auf 80 Grad vorheizen, eine Platte und vier Teller mitwärmen.

Alle Zutaten der Marinade verrühren, die Hälfte mit dem Fleisch mischen und dieses zugedeckt rund 15 Minuten marinieren. Die restliche Marinade beiseite stellen.

Das Kaninchenfleisch portionenweise in heissem Öl knapp 2 Minuten anbraten, auf die vorgewärmte Platte geben und im Ofen 15 Minuten gar ziehen lassen. Das Fleisch kann im 60 Grad warmen Ofen bis zu 10 Minuten warm gehalten werden.

In die Fleischpfanne wenig Öl geben. Ingwer, Zwiebel, Stangensellerie und Sojasprossen beigeben, unter Rühren 5 Minuten braten, die restliche Marinade dazugeben und mischen.

Das Gemüse auf die Teller verteilen. Das Fleisch darauf anrichten und sofort servieren.

Dazu passt

Trockenreis oder chinesische Eiernudeln.

Rindsgeschnetzeltes mit Crevetten, Gemüse und Nudeln

- *200 g chinesische Eiernudeln*
- *Erdnuss- oder Sonnenblumenöl zum Braten*
- *400 g Rindsplätzli à la minute, in Streifen geschnitten*
- *1 rote Zwiebel, in Streifen geschnitten*
- *3 Knoblauchzehen, in feine Scheiben geschnitten*
- *2 EL frischer Ingwer, in feine Streifen geschnitten*
- *1 rote Chili, entkernt, in feine Ringe geschnitten*
- *200 g Broccoli in kleine Röschen zerteilt, Stiele in feine Scheiben geschnitten*
- *2 Karotten, in feine Streifen geschnitten*
- *150 g frische Sojasprossen*
- *etwas Rapsöl*
- *5 EL asiatisches Ketchup*
- *4 EL Sojasauce*
- *12 gekochte Riesencrevetten («Tail on»)*
- *Meersalz*

Den Ofen auf 70 Grad vorheizen, eine Platte und vier Teller mitwärmen.

Die Eiernudeln in kochendem Salzwasser etwa 4 Minuten garen, abgiessen, kalt spülen, gut abtropfen lassen und beiseite stellen.

Etwas Erdnussöl in einer weiten Bratpfanne oder im Wok erhitzen. Das Fleisch portionenweise 1 Minute anbraten, auf die vorgewärmte Platte geben und im Ofen 10 Minuten gar ziehen lassen. Das Fleisch kann im 60 Grad warmen Ofen bis zu 15 Minuten warm gehalten werden.

Zwiebel, Knoblauch, Ingwer, Chili, Broccoli, Karotten, Sojasprossen und etwas Rapsöl in die Bratpfanne geben, 5 Minuten unter Rühren braten.

Ketchup, Sojasauce, die Eiernudeln, die Riesencrevetten und das Fleisch darunter mischen, nur noch warm werden lassen und mit Salz abschmecken.

Asiatisches Ketchup
Diese Spezialität ist in gut sortierten Supermärkten erhältlich. Ersatzweise Ketchup verwenden und das Gericht zusätzlich mit 1 Teelöffel chinesischem Fünfgewürzepulver abschmecken.

Rindsgeschnetzeltes mit Crevetten, Gemüse und Nudeln

Schweinsgeschnetzeltes mit Gemüse im Knusperschälchen

- *700 g Schweinsgeschnetzeltes*
- *Erdnuss- oder Sonnenblumenöl zum Braten*

Marinade

- *2 EL Sesamöl*
- *4 EL helle chinesische Sojasauce*
- *2 EL trockener Sherry*
- *1 EL Maisstärke*
- *1 EL Rohzucker*
- *2 EL frischer Ingwer, fein gehackt*
- *1 Prise Sternanispulver*

- *12 tiefgekühlte Teigblätter für Frühlingsrollen (21,5 x 21,5 cm), aufgetaut*
- *1 EL Sesamsamen*
- *2 EL Sesamöl*
- *1 rote Zwiebel, in Streifen geschnitten*
- *350 g tiefgekühlte Kefen (Zuckerschoten), aufgetaut*
- *1 Glas Minimaiskolben, ca. 100 g, abgetropft, längs halbiert*
- *1 rote Chili, entkernt, in feine Ringe geschnitten*
- *2 EL Sojasauce*

Alle Zutaten der Marinade verrühren, zusammen mit dem Fleisch in einen Gefrierbeutel geben, mischen und gut verschliessen. Mindestens 30 Minuten im Kühlschrank ziehen lassen.

Für die Knusperschälchen 4 Souffléförmchen von etwa 8–9 cm Durchmesser umgekehrt auf ein Backblech stellen. Je drei Teigblätter sternförmig über die Förmchen legen. Etwas andrücken, im 200 Grad heissen Ofen 10 Minuten backen, herausnehmen und auskühlen lassen.

Die Ofentemperatur auf 70 Grad zurückstellen (zum schnelleren Abkühlen die Ofentüre kurz offen lassen), eine Platte und vier Teller mitwärmen.

Das Fleisch auf Küchenpapier abtropfen lassen und portionenweise in heissem Öl 1 Minute anbraten. Auf die vorgewärmte Platte geben und im Ofen 15 Minuten gar ziehen lassen. Es kann im 60 Grad warmen Ofen bis zu 10 Minuten warm gehalten werden.

Für das Gemüse die Sesamsamen im Sesamöl goldgelb rösten. Zwiebel, Kefen, Maiskölbchen und Chili dazugeben, unter Rühren etwa 2 Minuten braten und mit Sojasauce abschmecken.

Die Knusperschälchen auf die vorgewärmten Teller stellen. Das Gemüse mit dem Fleisch mischen und darin anrichten.

Dazu passt

Reis, z.B. Parfümreis, Kokosreis mit Pistazien, Seite 91.

Schweinsgeschnetzeltes mit Gemüse im Knusperschälchen

Beilagen

*«Ich habe Brot gekauft
und habe rote Rosen geschenkt bekommen:
Wie glücklich bin ich,
beides in meinen Händen zu halten!»*

Kitahara Hakushû, 1885–1942, japanischer Schriftsteller

Kräuterschupfnudeln

- *350 g Kartoffeln, mehlig kochende Sorte (z.B. Agria, Matilda)*
- *1 Bund Petersilie, fein gehackt*
- *1 EL gehackte Kräuter nach Belieben (z.B. Majoran, Oregano, Salbei, Rosmarin)*
- *1 Freilandei*
- *150 g Mehl*
- *½ TL Meersalz, Pfeffer aus der Mühle*
- *1 Prise Muskatnuss*
- *Mehl zum Formen*
- *Bratbutter zum Braten*

Die Kartoffeln in der Schale weich kochen, schälen, heiss pürieren (Passiergerät) und etwas ausdampfen lassen.

Mit Kräutern, Ei, Mehl, Salz, Pfeffer und Muskatnuss zu einem glatten Teig verarbeiten. Mit bemehlten Händen fingerdicke, etwa 5 cm lange Röllchen formen, die an den Enden etwas dünner werden.

Die Schupfnudeln portionenweise in Bratbutter rundherum goldbraun braten und servieren.

Kartoffel-Lauch-Tarte

Für 1 rundes Kuchenblech von 18 cm Durchmesser

- *2 EL Bratbutter für das Blech*
- *700 g Kartoffeln, mehlig kochende Sorte (z.B. Agria, Matilda), geschält*
- *100 g Lauch*
- *½ TL Meersalz, schwarzer Pfeffer aus der Mühle*
- *1 Prise Muskatnuss*

Das Kuchenblech mit Bratbutter ausfetten.

So viel Kartoffeln in feine Scheiben hobeln, dass damit die Form inklusive Rand lückenlos ausgelegt werden kann. Die restlichen Kartoffeln in feine Streifen oder auf der Röstiraffel grob reiben.

Den Lauch in feine Streifen schneiden und mit den Kartoffelstreifen mischen. Mit Salz, Pfeffer und Muskat würzen, in die ausgelegte Form füllen und etwas andrücken.

Im unteren Drittel des auf 200 Grad vorgeheizten Ofens rund 45 Minuten backen. Zum Warmhalten, bzw. um zugleich im Ofen das Fleisch nachzugaren, die Temperatur auf 80 oder 70 Grad reduzieren. Zum schnelleren Abkühlen den Ofen kurz öffnen.

Zum Servieren die Kartoffel-Lauch-Tarte in Stücke schneiden.

Lorbeer-Kartoffel-Terrine

Für eine beschichtete Cakeform von 20 cm Länge

- *2 EL weiche Butter für die Form*
- *4–6 frische Lorbeerblätter*
- *600 g Kartoffeln, geschält*
- *¼ l Halbrahm (25% Fett)*
- *150 ml Gemüsebouillon*
- *1 Knoblauchzehe, gepresst*
- *½ TL Meersalz, schwarzer Pfeffer aus der Mühle*
- *1 Prise Muskatnuss*

Die Cakeform mit der weichen Butter ausfetten und die Lorbeerblätter auf den Boden legen.

Die Kartoffeln in möglichst feine Scheiben hobeln. Mit Rahm, Gemüsebouillon und Knoblauch mischen, mit Salz, Pfeffer und Muskat würzen und in die Cakeform schichten.

Im unteren Drittel des auf 160 Grad vorgeheizten Ofens etwa 1 Stunde backen.

Zum Warmhalten, bzw. um zugleich im Ofen das Fleisch nachzugaren, die Temperatur auf 80 oder 70 Grad reduzieren. Zum schnelleren Abkühlen den Ofen kurz öffnen.

Zum Servieren die Lorbeer-Kartoffel-Terrine am Rand mit einem Messer lösen, stürzen und in 2–3 cm dicke Scheiben schneiden.

Bärlauch-Kartoffel-Püree

- *600 g Kartoffeln, mehlig kochende Sorte (z.B. Agria, Matilda)*
- *150 g Bärlauch, fein gehackt*
- *180 g Sauermilch*
- *6 EL Olivenöl extravergine*
- *Meersalz, schwarzer Pfeffer aus der Mühle*
- *1 Prise Muskatnuss*

Die Kartoffeln schälen, klein würfeln, im Dampf weich garen und pürieren (Passiergerät).

Den gehackten Bärlauch mit Sauermilch und Olivenöl sehr fein pürieren, unter die Kartoffelmasse mischen und das Püree mit Salz, Pfeffer und Muskat abschmecken.

Kurz vor dem Servieren das Bärlauch-Kartoffel-Püree unter kräftigem Rühren nochmals erhitzen.

Tipp
Bärlauch durch die gleiche Menge Rucola ersetzen.

Süsskartoffelpüree mit Thymian und Knoblauch

- *180 ml Halbrahm (25% Fett)*
- *100 ml Gemüsebouillon*
- *4 Zweige Thymian*
- *4 Knoblauchzehen, in Scheiben geschnitten*
- *700 g Süsskartoffeln*
- *Meersalz, schwarzer Pfeffer aus der Mühle*

Den Rahm mit Gemüsebouillon, Thymian und Knoblauch aufkochen und beiseite stellen.

Die Süsskartoffeln schälen, klein würfeln, im Dampf weich garen und pürieren (Passiergerät).

Den aromatisierten Rahm durch ein feines Sieb dazugiessen, mit der Kartoffelmasse mischen und das Püree mit Salz und Pfeffer abschmecken.

Kurz vor dem Servieren das Süsskartoffelpüree unter kräftigem Rühren nochmals erhitzen.

Gebratene Süsskartoffelscheiben

- *2 grosse Süsskartoffeln, ca. 500 g*
- *¼ TL Meersalz, schwarzer Pfeffer aus der Mühle*
- *Erdnuss- oder Sonnenblumenöl*

Die Süsskartoffeln mit der Schale schräg in etwa 5 mm dicke Scheiben schneiden, würzen und bei mittlerer Hitze in Öl 6–8 Minuten beidseitig goldgelb braten.

Tipp
Die Hälfte der Süsskartoffelscheiben durch Kochbananenscheiben ersetzen.

Maispuffer

- *300 g Maiskörner (Dose), abgetropft*
- *50 ml Milch*
- *½ TL Meersalz*
- *1 Prise Cayennepfeffer*
- *3 Freilandeier*
- *150 g Mehl*
- *Erdnussöl zum Braten*

Die Hälfte der Maiskörner mit Milch, Salz, Cayennepfeffer und den Eiern pürieren. Das Mehl mit den restlichen Maiskörnern darunter mischen und etwa 10 Minuten zugedeckt quellen lassen.

Etwas Öl in einer beschichteten Bratpfanne erhitzen. Mit einem Esslöffel kleine Teighäufchen hineingeben, beidseitig goldgelb braten und heiss servieren.

Zitronenrisotto

- *2 Frühlingszwiebeln*
- *2 EL Olivenöl extravergine*
- *350 g Risottoreis (z.B. Vialone, Carnaroli, Arborio)*
- *2 unbehandelte Zitronen, abgeriebene Schale und Saft*
- *1 l Gemüsebouillon, heiss*
- *125 g Frischkäse*
- *1 Prise Safranpulver*
- *3 EL Kerbel oder glatte Petersilie, fein gehackt*
- *Meersalz, schwarzer Pfeffer aus der Mühle*

Die Frühlingszwiebeln mit den grünen Röhrchen in feine Ringe schneiden und im Olivenöl andünsten. Den Reis dazugeben, kurz mitdünsten, mit dem Zitronensaft ablöschen und diesen vollständig einkochen lassen. Nach und nach die Gemüsebouillon dazugiessen und die abgeriebene Zitronenschale dazugeben. Der Reis soll immer knapp mit Flüssigkeit bedeckt sein. Unter häufigem Rühren rund 20 Minuten köcheln lassen, bis er cremig und al dente ist.

Den Frischkäse unter den Risotto mischen, kurz warm werden lassen und mit Safran, Kerbel oder Petersilie, Salz und Pfeffer abschmecken. Sofort servieren.

Tipp

Nach 10 Minuten Kochzeit 200 g Favabohnen (entspricht ca. 800 g Favabohnen in den Hülsen) dazugeben und mitgaren.

Salbeipolenta mit Oliven

- *600 ml Gemüsebouillon*
- *400 ml Milch*
- *3 Knoblauchzehen, in feine Scheiben geschnitten*
- *200 g Bramatamais (grober Maisgriess)*
- *4 EL Olivenöl extravergine*
- *6 Salbeiblätter, fein geschnitten*
- *100 g entkernte Oliven, geviertelt*
- *Meersalz, schwarzer Pfeffer aus der Mühle*

Die Gemüsebouillon mit Milch und Knoblauch aufkochen. Den Bramatamais einrieseln lassen und bei kleiner Hitze rund 25 Minuten köcheln lassen. Dabei gelegentlich umrühren.

Die Herdplatte ausschalten und die Polenta nochmals 25 Minuten zugedeckt quellen lassen.

Olivenöl, Salbei und Oliven darunter mischen und mit Salz und Pfeffer abschmecken.

Rucola-Reis-Gugelhupf mit Parmesan

Für eine beschichtete Gugelhupf- oder Springform von 1 l Inhalt

- *4 EL weiche Butter für die Form*
- *1 Zwiebel, fein gehackt*
- *2 Knoblauchzehen, gepresst*
- *100 g Rucola, fein gehackt*
- *300 g dreifarbige Reismischung (Wild-, Camargue- und Langkornreis)*
- *100 ml trockener Weisswein*
- *½ l kräftige Gemüsebouillon*
- *125 g Ricotta*
- *80 g Parmesan, frisch gerieben*
- *Meersalz, schwarzer Pfeffer aus der Mühle*

Die Form mit der Hälfte der Butter einfetten und kalt stellen.

In der restlichen Butter Zwiebel, Knoblauch und Rucola andämpfen. Die Reismischung beigeben, mit Weisswein ablöschen und mit Gemüsebouillon auffüllen. Bei kleiner Hitze rund 20 Minuten köcheln lassen, dabei gelegentlich umrühren. Ricotta und Parmesan darunter mischen, mit Salz und Pfeffer abschmecken, in die vorbereitete Form füllen und mindestens 2 Stunden auskühlen lassen.

Im unteren Drittel des auf 200 Grad vorgeheizten Ofens etwa 35 Minuten backen.

Zum Warmhalten, bzw. um zugleich im Ofen das Fleisch nachzugaren, die Temperatur auf 80 oder 70 Grad reduzieren. Zum schnelleren Abkühlen den Ofen kurz öffnen.

Zum Servieren den Gugelhupf am Rand mit einem Messer lösen, auf eine Platte stürzen und servieren. Am Tisch in Stücke schneiden.

Tipp

Diese eindrucksvolle Beilage eignet sich besonders für Gäste und kann problemlos einige Tage im Voraus vorbereitet werden.

Das Gericht mit einer zweifarbigen Reismischung zubereiten (Langkorn- und Wildreis).

Asiatischer Gemüsereis

- *1 Zwiebel, fein gehackt*
- *1 EL Butter*
- *350 ml Hühnerbouillon*
- *2 EL Sojasauce*
- *150 g Langkornreis*
- *300 g tiefgekühlte Asien-Gemüsemischung*

Die Zwiebel in Butter glasig dünsten. Die Hühnerbouillon und die Sojasauce dazugiessen, aufkochen, den Reis einrieseln lassen und etwa 10 Minuten bei kleiner Hitze garen.

Die Gemüsemischung darunter rühren und alles 5 Minuten fertig garen.

Asiatischer Risotto

- *1 Zwiebel, fein gehackt*
- *1 EL Sesamöl*
- *250 g Parboiled-Rundkornreis*
- *100 ml Sake (japanischer Reiswein)*
- *700 ml Gemüsebouillon, heiss*
- *2½ EL helle Misopaste, ersatzweise helle (chinesische) Sojasauce*
- *1 TL frischer Ingwer, fein gerieben*
  50 g Butter, in Flocken
- *1 Hand voll Zwiebel- oder Rettichsprossen zum Garnieren*

Die Zwiebel im Sesamöl glasig dünsten. Den Reis dazugeben und unter Rühren dünsten, bis er glasig ist. Mit Sake ablöschen und diesen fast vollständig einkochen lassen.

Misopaste und Ingwer unter die Gemüsebouillon mischen, diese nach und nach dazugiessen, so dass der Reis immer knapp mit Flüssigkeit bedeckt ist. Unter häufigem Rühren rund 20 Minuten köcheln lassen, bis er cremig und al dente ist.

Den Risotto mit Butter verfeinern, anrichten, mit Sprossen garnieren und sofort servieren.

Misopaste
Diese japanische Würzpaste aus pürierten, vergorenen Sojabohnen, Reis, Sojakeimen oder Gerste ist in Delikatessabteilungen von Warenhäusern und in asiatischen Spezialitätengeschäften erhältlich.

Saftiger Kokosreis mit Pistazien

- *2 Frühlingszwiebeln*
- *1 EL Erdnussöl*
- *200 ml Kokosmilch*
- *½ l Gemüsebouillon*
- *350 g Langkornreis*
- *50 g Pistazien, grob gehackt*
- *Meersalz*

Die Frühlingszwiebeln mit den grünen Röhrchen in feine Ringe schneiden und im Öl kurz andünsten.

Die Kokosmilch und die Gemüsebouillon dazugiessen, aufkochen und den Reis einrieseln lassen. Auf der ausgeschalteten Herdplatte rund 20 Minuten zugedeckt quellen lassen. Die Pistazien darunter mischen und den Reis mit Salz abschmecken.

Scharfer karibischer Reis

- *1 Karotte, klein gewürfelt*
- *1 Stange Sellerie, fein geschnitten*
- *½ Chili (z.B. Scotch Bonnet Chili), entkernt, fein gehackt*
- *3 Knoblauchzehen, gepresst*
- *2 EL Erdnussöl*
- *600 ml Gemüsebouillon*
- *2 Lorbeerblätter*
- *1 Brieflein Safranpulver*
- *300 g Langkornreis*
- *Meersalz*

Karotte, Stangensellerie, Chili und Knoblauch im heissen Öl kurz andünsten. Die Gemüsebouillon dazugiessen und aufkochen, Lorbeerblätter, Safran und Reis dazugeben. Auf der ausgeschalteten Herdplatte rund 20 Minuten zugedeckt quellen lassen. Die Lorbeerblätter entfernen und den Reis mit Salz abschmecken.

Scotch Bonnet Chilis

Diese walnussgrossen Chilis sehen den Minipeperoni (Minipaprika) zum Verwechseln ähnlich, sind jedoch eine der schärfsten Chilisorten. Sie werden auch Antillen-Chilis genannt und sind in gut sortierten Supermärkten sowie Delikatessabteilungen von Warenhäusern erhältlich. Um Hautreizungen zu vermeiden, beim Verarbeiten Gummihandschuhe tragen.

Kastanienspätzli

- *300 g tiefgekühlte, geschälte Maroni (Esskastanien), aufgetaut*
- *3 Freilandeier*
- *200 ml Wasser*
- *½ TL Meersalz, schwarzer Pfeffer aus der Mühle*
- *1 Prise Muskatnuss*
- *150 g Teigwarenmehl*
- *Butter zum Braten*

Die Maroni mit Eiern, Wasser, Salz, Pfeffer und Muskatnuss sehr fein pürieren und mit dem Teigwarenmehl zu einem glatten Teig mischen. Den Teig mit den Schwingbesen des Handrührgeräts auf niedriger Stufe so lange bearbeiten, bis er glänzt und Blasen wirft. Zudecken und bei Zimmertemperatur rund 30 Minuten ruhen lassen.

Weitere Zubereitung wie bei den Buchweizenspätzli, siehe Seite 93.

Tipp

Teigwarenmehl (Hartweizendunst) durch 50% Weissmehl (Type 405) und 50% Hartweizengriess ersetzen.

Buchweizenspätzli

- *150 g Buchweizenmehl*
- *50 g Mehl*
- *⅔ TL Meersalz*
- *1 Bund Schnittlauch, fein geschnitten*
- *100 ml Milch*
- *2 Freilandeier*
- *Butter zum Braten*

Buchweizenmehl, Mehl, Salz und Schnittlauch mischen. Die Milch mit den Eiern verrühren, dazugiessen und alles zu einem glatten Teig mischen. Den Teig mit den Schwingbesen des Handrührgeräts auf niedriger Stufe so lange bearbeiten, bis er glänzt und Blasen wirft. Zudecken und bei Zimmertemperatur rund 30 Minuten ruhen lassen.

In einem weiten Topf Salzwasser aufkochen. Den Teig portionenweise auf ein kleines benetztes Brettchen geben, mit einem langen glatten Messer darauf ausstreichen. Dann schmale Teigstreifen vom Brettchen direkt ins leicht siedende Wasser schaben. Sobald die Teigportion verarbeitet ist und die Spätzli auf der Wasseroberfläche schwimmen, mit einer Schaumkelle herausheben, in kaltem Wasser abkühlen und gut abtropfen lassen. Bis zur Verwendung zugedeckt kalt stellen.

Zum Servieren die Spätzli portionenweise in Butter goldgelb braten.

Tipp
Für gewöhnliche Spätzli den Teig mit 200 g Weissmehl und ohne Schnittlauch zubereiten.

Rezeptverzeichnis

Europäisch

Mediterran

Karibisch

Asiatisch

Beilagen

Gemüsebeilagen

Saucen

Armin Zogbaum
Pastasaucen
Die besten Rezepte

80 Rezepte für feine Pastasaucen – von den beliebten Klassikern und Spezialitäten der mediterranen Küche über raffinierte, exotisch inspirierte Variationen bis hin zu Dessertsaucen für süsse Pastagerichte. Mit praktischen Hinweisen zum 1 x 1 des perfekten Pastakochens, zum Tiefkühlen und Einmachen von Saucen.

Annemarie Wildeisen
Fleisch schnell garen bei Niedertemperatur
Kleine Fleischstücke sanft zubereitet

Die bewährte Niedertemperatur-Garmethode in 80 neuen Rezepten für die kleinen und kleinsten Fleischstücke der Alltagsküche. Alle Gerichte sind in 20 bis 30 Minuten auf dem Tisch. Die Rezepte sind für 4 Personen und – für den Kleinhaushalt – für 1 Person berechnet.

Annemarie Wildeisen
Fleisch sanft garen bei Niedertemperatur

Zartes, saftiges und aromatisches Fleisch – praktisch, problemlos und ohne grossen Arbeitsaufwand!
Das Garen bei Niedertemperatur – das Nachziehenlassen bei 70 bis 80 Grad im Backofen – ist die ideale Methode, um Fleisch sanft auf den Punkt zu garen. 70 Rezepte für kleine, mittlere und grosse Fleischstücke.

Annemarie Wildeisen
Gästemenüs zum Vorbereiten
Die schönste Art, Gäste zu verwöhnen

Gut geplant und gut vorbereitet ist halb gekocht.
75 unkomplizierte, aber dennoch attraktive Rezepte, zu 25 Menüs zusammengestellt, sorgen für sicheres Gelingen und lassen Ihnen Zeit, sich Ihren Gästen zu widmen. Mit Zeitplan, Umrechnung der Rezeptmengen auf verschiedene Anzahl Personen, Informationen zu den Abläufen und vielen wertvollen Tipps.

AT Verlag, Bahnhofstrasse 39–43, CH-5001 Aarau
Telefon ++41-(0)62-836 62 46, Fax ++41-(0)62-836 66 67
E-mail: at-verlag@azag.ch, Internet: www.at-verlag.ch